放歌新时代

一个退役老兵的家国情怀

冯永杰 著

南方出版传媒
花城出版社
中国·广州

图书在版编目（CIP）数据

放歌新时代：一个退役老兵的家国情怀 / 冯永杰著. -- 广州：花城出版社，2020.9
ISBN 978-7-5360-9205-1

Ⅰ. ①放… Ⅱ. ①冯… Ⅲ. ①诗集－中国－当代 Ⅳ. ①I227

中国版本图书馆CIP数据核字(2020)第154356号

出 版 人：肖延兵
责任编辑：李 谓 安 然
技术编辑：凌春梅
封面设计：萨福书衣坊

书　　名	放歌新时代：一个退役老兵的家国情怀
	FANGGE XINSHIDAI: YIGE TUIYI LAOBING DE JIAGUO QINGHUAI
出版发行	花城出版社
	（广州市环市东路水荫路 11 号）
经　　销	全国新华书店
印　　刷	佛山市迎高彩印有限公司
	（佛山市顺德区陈村镇广隆工业区兴业七路 9 号）
开　　本	880 毫米 ×1230 毫米　32 开
印　　张	9.625　1 插页
字　　数	185，000 字
版　　次	2020 年 9 月第 1 版　2020 年 9 月第 1 次印刷
定　　价	48.00 元

如发现印装质量问题，请直接与印刷厂联系调换。
购书热线：020-37604658　37602954
花城出版社网站：http://www.fcph.com.cn

绘画：陈新铨

序

讴歌新时代的努力践行者

陈倩雯

冯永杰同志的诗歌新著《放歌新时代》要出版了,我由衷地感到欣慰。

他是我们中国民主促进会的老会员,我们都亲切地称呼他为"冯老师"。他很早就加入了中国作家协会,在文学创作园地已辛勤耕耘了58年之久,曾经出版过多部诗文专著。在辞旧迎新之际,又有新诗集在多方关注下即将出版,值得庆贺。

冯老师是全国有影响的诗人。多年来,许多诗歌界名流对他的作品和人品赞赏有加,有过许多评论。冯老师的阅历丰富,他是航空兵部队退役军人,发表过许多军旅诗;复员回上海后,在工业诗的创作上又别有建树;1985年南下深圳之后,他的诗作紧紧跟随特区创业的前进步伐,写了许多有高度、有深度、有热度的主旋律作品,被称为与时代同步的特区诗人。

冯老师利用自己的专长为民进做了大量工作,民进中央、省委、市委的刊物和网站,发表了他的诸多诗歌和评论,给予他很大的支持。冯老师的诗歌,坚持思想性和艺术性的完美结合,符合党中央提出的以人民为中心的创作导向。近年来,他积极响应党中央用心用情用功讴歌新时代的号召,在用诗歌抒写中共十九大,宣传国家宪法,纪念中国人民抗日战争胜利70周年、长征80周年、建军90周年、改革开放40周年、中华人民共和国成立70周年等重大题材上,取得丰硕的成果,无愧为一名讴歌新时代、讴歌中国精神的努力践行者。

作为一名爱好诗词的读者,我一直关注冯老师的作品。冯老师的诗符合习近平总书记在文艺座谈会上的重要讲话精神,表达了人民大众的心声,他的诗富有号召力、感染力、亲和力,主题鲜明,与时俱进,意象丰富,语言流畅,朗朗上口,易于传诵。有的诗篇在《人民日报》《解放军报》《诗刊》等重要报刊上发表后,已成为官方和民间许多主旋律朗诵活动的主要素材。在被誉为"当代《论语》,世纪真言"的《中国作家3000言》一书中,冯老师的格言是:"把最坚实的脚印奉献给历史,以最逼真的原色去描绘人生。"多年来,他正是按照这个奋斗目标身体力行的。他坚定不移地走以人民为中心的创作道路,他为中国诗歌回归大众所做出的努力,一定会得到时代和人民的回报。祝愿他写出更多更好的新时代诗歌佳作!

是为序。

2019年12月29日

(本文作者为深圳市政协副主席、民进深圳市委会主委)

目录 Contents

001　我的祖国，我的长城

005　我和祖国

010　梦乡里的中国

019　新时代的中国

025　瞻望彩霞般的中国前景

028　中国梦，我心中的太阳

035　爱国三唱（组诗）

035　我的祖国啊……

037　国与我

039　国与家

041　一路走来

043　走进中国宪法

049　呼唤文明

053　祖国和宪法

059　初心

063　宣誓

069　他走过的地方

075　我们的民主

082　伟大的起航

089	梦想大厦的四十级台阶
089	1. 重温十一届三中全会
092	2. 袁庚受命
095	3. 诗人的见证
097	4. 蛇口格言
099	5. 仰望星空
104	足迹与花环
107	窗口放歌
113	庚子鼠年新春的感动
120	武汉的"山"
123	朝阳与落日的咏叹
133	这是我们的土地
138	黎明,我们出发……
144	点燃太阳的火炬
153	听老红军说长征(组诗)
153	开场白:把晚霞编织成朝霞
155	七条破船渡数万兵马
157	飞夺泸定桥
159	担架与铜锅
162	过松潘草地
164	尾声

- 166 红军舅舅
- 172 我是一个兵（组诗）
- 172 爱唱兵之歌
- 172 打胜仗靠什么
- 173 不能无血性
- 174 备战进行曲
- 177 遥寄远方
- 179 老兵心语（组诗）
- 179 我曾经是一名军人
- 182 因为……
- 183 我心中的战争与和平
- 185 为中国军人塑像（组诗）
- 185 不改的本色
- 186 不倒的长城
- 187 不老的军魂
- 189 曾经与永恒
- 192 中国女兵（组诗）
- 192 女飞行员
- 193 女特种兵
- 194 女军医
- 196 女通信兵

198	从湘西到南昌（组诗）
198	走近贺龙
200	流连桑植
202	行吟南昌
205	写在中国地图上的诗篇（组诗）
205	凝视祖国
207	寻找足迹
209	在地图上追梦
211	南海九段线
214	一个退役老兵的家国情怀（组诗）
214	"古稀"新中国
216	回望解放……
217	青春的荣耀
220	今夜，祖国因你而年轻……
225	中国女排
231	雷锋归来
234	岁月的暖流淌过心弦（组诗）
234	太阳、母亲和我
236	晚婚的浪漫——致妻子
238	这一生，我失去很多
242	让我们仰望星空

244	昨天已经远去
246	藏书里的纸币
249	故乡咏怀（组诗）
249	大冶老街印象
251	爷爷的中药铺
252	又见西塞山
255	大鹏，在奋飞中寻找天空（组诗）
255	我与大鹏
256	这就是大鹏
258	鹏城
260	较场尾的黎明静悄悄
262	大鹏湾的情爱模式
264	大鹏文化歌
267	梦游桃花潭与李白对饮
270	端午感怀
272	春天，我在绍兴的一次梦游
277	百年"五四"抒怀
279	夜读经典诗篇
282	黄昏诗意（二首）
282	向东……
283	斜阳与落叶

285　在旅途偶遇红叶
286　今夜昙花盛开
289　生命是一粒尘埃
292　后记

我的祖国,我的长城

每当我提笔书写长城
从心脏到五指之间
便渗透出非凡的力度
我体验着无数创造奇迹的手臂
将沉重的青砖凝聚为城池的功夫

写长城易,建长城难
在绵延万里的坚固屏障下
谁知掩埋了多少渗透血汗的白骨
这绝非孟姜女的眼泪就能哭倒的城
——但我深深理解那发自民间的泣诉

倒下的,是祈求太平盛世的百姓
站起的,是抗御八面罡风的民族
长城,你是一座用万千生命换来的城
你是一部流传千古的神奇天书
先人的一切铺垫都是对后世的救赎

且不论秦始皇一统天下的功罪
有了你,才有了举世无双的宏图

从山海关的惊涛，到嘉峪关的沙尘
从平叛的讨伐，到反侵略的征战
你世代捍卫着壮美华夏的神圣疆土

中华民族曾经到了最危险的时候
你自愧未能把现代战争的铁蹄拦阻
却目睹了一座血肉新长城的崛起
硝烟炮火里，喷溅出气壮山河的音符
起来！起来！你含泪倾听视死如归的脚步

终于，烽火熄灭，各路恶魔被降伏
终于，云开日出，几多创伤待修补
举首仰望，梦幻般的层峦叠嶂里
你出落得好似美不胜收的神女
在鸽哨的优美旋律中向全人类祝福

天下并不太平，长城仍须加固
心怀鬼胎者惧怕你的外表威严
满腹腌臜者觊觎你的内蕴丰富
外国宇航员遨游太空回望地球
却惊喜你如同彩绸朝他翩翩挥舞……

是的，你是东方文明古国一大象征
你是泱泱华夏不卑不亢的一身筋骨

你告诉世界只有和平与发展才是正道
你拒绝一切反人类的纠结和同流合污
你蔑视战争恫吓,决不对霸权屈服

啊,这就是我的祖国,我的长城
清澈见底的本色,一览无余的纯朴
啊,这就是我的长城,我的祖国
高瞻远瞩的目光,至诚豁达的情愫
在五千年的文化沃土上夯实的基础

坦然面对当今环球太多的反复无常
百倍珍惜昨日世界积累的锦囊智库
从容地迎接所有善意和恶意的挑战
潇洒地绕开模仿滥用的《十面埋伏》
长城,你就是伟大中国挺起的胸脯

听,是谁在高高的城楼吹响了芦笛
那优美旋律驱散了招惹风雨的云雾
"朋友来了有好酒,若是那豺狼来了
迎接它的有猎枪……"
这是祖国的声音,发自十四亿人的肺腑

这是一场战争的插曲,也是长城的心曲
此刻就跳荡在我再现青春活力的脉搏

没有比这支歌更贴切、更准确的表述
啊,我亲爱的长城,我心灵的寄托
啊,我亲爱的祖国,我精神的支柱……

2016年9月29日

我和祖国

在我烦闷得
最不想写诗的时候
一想起这个命题
内心所有休眠的激情
顿时就被激活
这神奇而永远新颖的命题
使我的脉搏加快
思绪飞扬
笔尖下倾泻着
奔腾不息的江河

啊,我和祖国
是延续了
上下五千年的血亲
是不可替代的
特殊的基因组合
从每个流汗的毛孔
到举止和音容
从天生的黄皮肤
到一副坚韧耐劳的骨骼

祖国像极了我

我也像极了祖国

我经历过严冬

黎明前的寒冷和黑暗

我品尝过

那杯叫"解放"的美酒

我倾听过

开国大典的礼炮声

我放飞过

直冲蓝天的和平鸽

祖国,以崭新的英姿

撞开我的心扉

从1949年10月1日起

一轮从崭新地平线上

升起的太阳

照耀着我

温暖着我

指引着我

我以一个

少先队员的赤诚

见证了

从中华人民共和国始发的

"理想号"时代列车
以巨大的蒸汽动力
高速向前推进
沿途不断加重了
超载的负荷
汽笛的吼叫虽然雄壮
却有些嘶哑
计划中的许多轨道
还来不及铺设

祖国的经济发展
屡屡遭遇坎坷
人民倾洒了太多的汗水
仍然摆脱不了
物质贫乏的折磨
为节约粮食
曾经发动男女老少
围捕天下的麻雀
战天斗地的豪情
未能喝退天灾
在反思中又引来了
一场致命的人祸

十个宝贵春秋

被折腾得疮痍满目
我庆幸在那动荡年月
扛起了枪杆
担负起守卫国门的
神圣职责
虽然扑灭不了
遍地"造反"的烈火
却出色地完成了
为祖国保平安的巡逻
我把满腔忠诚
凝聚在警惕的准星上
把内心的忧虑
对祖国默默诉说

经历了太多的
风风雨雨
我们的国家
终于有了英明的选择
用三十年的底蕴和教训
换四十年的求索与拼搏
我投身于
改革开放事业的开拓
把风华正茂的青春
变成了犁铧

耕耘出一片新的天地
收获了芬芳的鲜花
甜蜜的硕果

当年，我是感受过
开国大典的孩童
今天，我已是
鬓发染霜的老者
人生有限
祖国太阳永不落
采一束阳光深藏心底
就会朝气蓬勃
国强我也强
国乐我也乐
我心里觉得最美的时候
就是放声高唱
《我和我的祖国》
这支世上最动听的歌……

2017年9月29日

梦乡里的中国

我已告别了多梦的年华,
减了许多朝气,
添了一头白发;
我已看淡了人世的纷争,
收拢阳刚之翼,
少了几分牵挂;
我已舍弃了个性的棱角,
面对剑拔弩张,
也能从容地对话……

是的,我老了,
仿佛一匹卧槽的马,
不再加入
扬蹄狂奔的叱咤。
但我依然相信
返老还童这句古话,
时时充满好奇,
——面对腾飞的中华!

啊,这是你吗?

生我养我的中国,
展现在眼前的新时代,
分明是我梦幻中
曾经的童话——

……戴红领巾的时候,
我常常进入梦乡玩耍。
在那里尽情畅想着
祖国未来的变化——
我想象过:所有的城市,
都会耸立起
如林的摩天广厦;
千家万户,
都能享受宽敞的空间,
呼吸着新鲜空气,
不再为拥挤而吵架;

我想象过:城市到处是花园,
清澈的河道里畅游鱼虾;
桥梁千姿百态,
载人气球在云彩间穿插;
车流奔驰如飞,
高速公路四通八达;
神奇的地铁,

穿梭在行人的脚下；
假日结伴坐飞机，
游览海角天涯，
将不再是奢侈的消费，
发烧时说的胡话。

坐人力车的岁月，
我想象过：
汗流浃背的车夫们，
全都开上了轿车，
满脸笑容如花；
没有电视的日子，
我想象过：
能从电视机里目睹，
足球世界杯的争夺，
五洲四海的风云变化……
——只须轻轻按下神奇的数码……

从军的日子，
我想象过：
中国的领空，
将编织高度和速度的罗网，
令入侵的飞贼不留片甲；
中国的领海，

将驰骋无敌的航母编队，
使冒险的海盗不敢称霸；
中国的领土，
将密布勇敢和智慧的警铃，
一切分裂阴谋都难逃彻底崩塌！
上有"悟空"的天眼俯视，
下有"蛟龙"的深海洞察，
从小米加步枪到核大国，
钢铁长城是和平发展的骨架。

这就是你啊！
我亲爱的祖国，
你使我的一切梦幻成真，
不，现实比梦幻更伟大！

我跟你一起贫穷过，
怀揣一大堆票证，
数着微薄的工资，
为节衣缩食反复筹划；
我跟你一起落后过，
眼看着偷取情报的无人间谍机，
在家园的上空盘旋，
除了愤怒，却毫无办法；
如今，我终于盼来了——

跟你一起富裕，
跟你一起成功，
跟你一起强大！

自从党的十一届三中全会，
诞生了英明决策，
开启封闭的国门，
摒弃保守的挣扎；
引来改革开放的雄风，
一路横扫枯叶败权，
在新开垦的处女地上，
种植绚丽的奇葩。
祖国啊，我的祖国，
你爆发出的巨大能量，
令全民振奋，使世界惊讶。

为了这一天，
你不知倾洒了
多少汗水和泪水，
也付出了沉重的代价。
你以势不可当的闯劲，
坚定地走振兴之路；
你以攀登珠峰的毅力和豪气，
向一个又一个高度攀爬。

是的,这正是你——
我相知最深的中国,
一旦下定了决心,
就绝不停止前进的步伐!
只因有过太多的教训,
你才酝酿出
尊重科学和真理的运筹谋划;
只因经历太多的坎坷,
你才承受住
新生命诞生前的阵痛,
呵护了一茬又一茬,
破土而出的新芽。

你创造了
中国特色社会主义,
胸怀共产主义最高理想,
经历了一次次出征和到达。
你高擎五星红旗,
为开拓者铺路,
给徘徊者打气,
催观望者上马。
你使乡村不再麻木,
把土地当作棋盘,
按崭新的思路排阵布局,

展开一轮又一轮搏杀；
你使城市甩开保守，
珍惜每一片时空，
你以民生为底色，
描绘更新更美的国画。

你赢得五环旗的信任，
出色地举办了北京奥运；
你接过联合国的重托，
将维和的使命压上肩胛；
你领导人民，
从容战胜百年未遇的天灾；
你指点江山，
坦然经受金融风暴的摔打；
你把五星红旗的荣耀，
不断举上
无边无际的神秘太空，
让中国制造的飞船和卫星，
频频展开宇宙对话；
你开辟的"一带一路"，
鼓舞寻求发展的人类，
向地球美好的未来并肩进发……

啊，你已经走遍了
无数国人的甜美梦乡，

不断改写东方传奇,
将雾霭纺织成绚丽的彩霞。
我因你的伟大而年轻,
因你的强盛而潇洒,
笑看长空乱云飞渡,
冷对大地疾风扬沙,
跟定你,就一往无前,
老当益壮,意气风发!

啊,不必再过多纠缠于
蹉跎岁月的恩怨得失,
无须再用放大镜,
去捕捉已被填平的坑坑洼洼;
更不该以自由女神为模特,
为中国的明天裁剪衣褂。
中国自有中国的文明,
上下五千年,
于烈火中久经锻打;
中国自有中国的风骨,
傲立天地间,
在磨砺中不失毫发;
中国自有中国的品格,
萦回八万里,
在传承中发扬光大;
中国自有中国的文化,

放歌新时代——一个退役老兵的家国情怀

群星伴日月,
雷打不散的国与家!

没有国,哪有家!
没有国的富强和昌盛,
哪有家的幸福和荣华?
没有国的尊严和自信,
哪有我们的坦荡和豁达?
没有国的兴旺和腾跃,
哪有我们的圆月和鲜花?

干杯!新时代的人民中国!
干杯!五千年的泱泱华夏!
干杯!滔滔黄河、长江……
干杯!巍巍泰岳、长城……
干杯!列祖列宗,历代先贤人杰;
干杯!在大地上继续奋斗的乡亲,
干杯!在天堂里祝福的爹妈;
干杯!属于每个中国人的
——九百六十万平方公里,
那美不胜收、大爱无疆,
前程无量的锦绣天下!

2019年8月12日

新时代的中国
　　——读十九大报告抒怀

1

新时代的中国，
从容地向昨天告别，
兴冲冲迎来——
生机勃勃的黄金时节！
又一茬希望的种子，
播撒在
改革之犁
深耕过的广阔沃野；
又一批和平的信使，
欢聚于
开放之窗，
完成合作共赢的签约；
又一代寻梦的候鸟，
履行了
现实与理想，
在飞翔中的美丽对接；
又一轮日月的周转，

旋转出——
大自然舒心的笑容,
天地间美妙的和谐……

2

新时代的中国,
在奋进中演绎超越。
自信的步伐,
源于当年选择的坚决。
何去何从的争论,
姓社姓资的纠结,
没能挡住——
大浪淘沙的汹涌奔泻。
新时代刚一起跑,
中国,便抖擞精神,
从容面对
风云变幻的世界。
经受刻骨的阵痛,
清扫严冬的残雪,
摸着石头过河,
硬是走进了繁花茂叶。
指点大好河山,
运筹宏图伟略,

给经济安装大功率引擎,
为民生谋求长久的安居乐业。

3

飞起来了,我们的中国!
在发展中拥抱科学;
飞起来了,我们的民族!
在前进中升华马列。
为走进电脑的社会主义,
装上了中国特色的光驱;
给源远流长的古老文明,
输入了当代基因的血液。
脱骨换胎的城市更新,
海市蜃楼不再是幻觉;
史无前例的乡村重塑,
世外桃源愈看愈真切。
上九天揽月,下五洋捉鳖,
全都载入了现实的史页。
航母、火箭军、维和使命……
使五星红旗的光焰倍加炽烈!
宪法走遍了千家万户,
文明铺满了小巷长街,
大千社会的所有磕磕碰碰,

都将在公平正义中一一化解。

4

新时代的中国,
从举步维艰的出发,
已成功到达梦想大厦,
第三十九级台阶。
这是通向人间天堂之路,
一级,就是一次国力的腾跃。
虽然常有四面埋伏的险情,
中国精神的火炬,始终不灭。
曾经的贫穷和落后,
如今只能潜游书海查阅;
曾经的坎坷和曲折,
今后还将是反思的作业。
有着长征血缘的脚板,
已登上驰骋时空的高铁;
素有前瞻习惯的目光,
已望穿遥远未来的世界。
一国两制的成功实践,
将分裂的妖雾屡屡阻截;
"一带一路"的和平倡议,
吸引全球信服的笑靥……

5

啊,新时代的中国,
回荡着雄壮的进军交响乐。
高高飘扬的引路旗,
不时修正步伐的倾斜。
以铁的纪律招展清风,
以钢的意志捍卫廉洁,
反腐败永远在路上,
披荆斩棘,决不退却!
只有人民最信赖的党,
才能厉行这样的惩戒,
成为新时代总枢纽,
运转千头万绪的调节。
只有人民最诚服的党,
才是真理和正义的凝结。
担任新时代总指挥,
在山重水复中一路告捷。
十九大描绘的前景,
怎不令人壮怀激烈!
沧海茫茫,看准航标,
征程漫漫,奋步不歇!

6

夜读报告一页页,
灯更亮,心潮卷起浪千叠。
侧耳听,仿佛字里行间,
仍有掌声伴哽咽!
……面挂甜笑,眼噙热泪,
代表们美美地分享喜悦。
胸有千言万语竟无声,
归心似箭,幸福也待去宣泄。
反复回味:大会每个细节,
人民大会堂众星捧月。
九十六岁的党鹤发童颜,
参天巨松上,满枝翠叶。
瞻仰用生命点燃太阳的前驱,
缅怀以血肉构筑长城的先烈,
铭记在党旗下宣誓的初心,
十九大,好一曲磅礴的交响乐!
这是新时代的雄壮进行曲,
今夜,我举杯痛饮,激情抒写,
飘飘然跨入中国梦大门,
沉醉在壮歌回旋,劲舞蹀躞……

2017年11月

瞻望彩霞般的中国前景
——献给中国共产党第十九次全国代表大会

海连着天,天连着海,
浩瀚的海天之间,
行进着我们威武的航母舰队;
水连着山,山连着水,
广阔的江河大地,
奔驰着我们潇洒的动车高铁;
神舟遨游宇宙,
蛟龙深渊摆尾,
火箭穿越大漠,
丝路花雨纷飞……

彩霞般的中国前景多么壮美,
十九大再将新蓝图精心描绘。
新时代的中国航船,
必须高耸起
抗得住暴风雨的樯桅。
伟大的中华民族,
心高志远,但决不称霸,
酷爱和平,却拒绝下跪。

乐于与世界同享
"一带一路"美酒夜光杯；
愿意与寰球共品，
花好月圆温馨美滋味。

回首烽烟弥漫的岁月，
在被列强践踏的国土上，
中国共产党举起了
呼唤星火燎原的镰与锤。
历经无数浴血抗争，
踏响一路革命风雷，
靠正义和信仰赢得人民大爱，
凭真理与科学共创江山壮美，
党和人民，朝夕相处，
人民和党，永远相随！

"中国梦"船队扬帆击浪，
一切听从旗舰的领航和指挥。
我是一名忠诚的水手，
虽然已不年轻，
却依旧热血鼎沸；
我自豪，我是前进在光辉征途的一员，
肩负崇高使命，
乘风破浪，急起直追！
向着新的黄金彼岸起航，

于颠簸中去寻求更璀璨的光辉。

让我们在云飞风驰的远航中，
将洞察世界的目光，
擦拭得更加敏锐；
让我们在波澜起伏的航程上，
将忠于祖国的信仰，
打磨成无价的精神翡翠；
让我们在擂鼓划桨的旋律里，
将民族团结的力量，
积累得更加强悍；
一往无前，飘扬出五星红旗的国威！

瞻望彩霞般的中国远景，
倾听着党的第十九次全国代表大会，
我豪情激荡，眼含热泪。
有了钢铁般的自信，
有了战胜一切困难的力量，
有了破解一切难题的智慧，
就有了珠峰一般的中国最高尊严，
就有了永远澎湃的心声——
万岁，我的祖国！
我的祖国，万岁！

2017年10月20日

中国梦，我心中的太阳

虽然，我已鬓发染霜，
正蹒跚在
铺满夕晖的路上；
虽然，我已远离青春，
但壮心不已，
依然老当益壮！
为一个执着的追求，
从不放弃对未来的守望；
为一个坚定的信念，
从不转移前瞻的目光。

啊，人生在世，
谁没有做过美梦，
陶醉于心驰神往？
啊，千秋百代，
哪一朝不祈祷：
民族振兴，国运盛昌？
少年时我就吟唱：
国乐我乐，国强我强，
《献给〈我和祖国〉》，

是我最早发表的诗章。

一篇短短的处女作,
表达了无数父老乡亲,
共同的希冀和念想。
那年月日子过得清贫,
但精神却感到爽朗,
只因心中装着理想。
理想,是奋斗的动力,
理想,是前进的能量,
理想,是创业的基石,
理想,是寻梦的翅膀。

难忘先辈遗训:
朝前走,莫回头,
——幸福就在远方!
坚信一条哲理:
胸怀多少憧憬和抱负,
脚下就有多少力量!
理想在,志不晃,
中华儿女携手奔何方?
一声呼,八面应:
——中国梦,我心中的太阳!

美梦易做圆梦难哪，
强国兴邦历经沧桑！
几代人杰前赴后继，
百年苦斗终见艳阳：
从推翻腐朽的封建王朝，
到击溃入侵的虎豹豺狼；
从建国创业的举步维艰，
到前无古人的改革开放。
我们曾经痴迷过的梦幻，
正不断成为现实中的辉煌。

啊，中国梦，我心中的太阳！
熟悉而又陌生的都市，
呈现万千新景象；
亲近而又疏远的乡村，
展示无限好风光；
不断加速的运输线，
紧挽千山万水的臂膀；
频繁改写的航天史，
引来五洲四海的赞扬……
崛起的中国照亮了东方。

啊，中国梦，我心中的太阳！
我惊喜你的巨变，

又时时被牵动愁肠。
忧虑有人赢得了财富，
却抛弃祖传的精神宝藏。
在中国文化的脉管里，
输入变异的血浆，
从此竟排斥母体，
举手投足之间，
尽是对西方的刻意模仿。

啊，中国梦，我心中的太阳！
我们拒绝"颜色革命"，
这是敌对势力的惯用伎俩。
五千年灿烂的文明，
对世界的奉献，无须标榜。
更不必一窝蜂漂洋过海，
去寻觅"皇帝的新装"。
中国以默默的耕耘，
收获春华秋实，与伙伴共享，
为人类树立了榜样。

啊，中国梦，我心中的太阳！
我们无惧兴风作浪，
那些狐假虎威的卑劣勾当。
面对一切挑衅，

早已成竹在胸；
面对所有责难，
自有破解的锦囊。
今日中国，国库充盈，
民心凝聚，军力强壮，
惩恶扬善，自有天理昭彰！

啊，中国梦，我心中的太阳！
我赞颂你的崛起，
又常常担心世界动荡。
此起彼伏的硝烟，
时隐时现的疆场，
近在咫尺的武力炫耀，
远隔天涯的霸权扩张，
军国主义幽灵，
在香火的供奉下，
妄图重演侵略战争的疯狂。

啊，中国梦，我心中的太阳！
你坚持和平发展，
却从未把战争遗忘。
牢记血写的历史，
建设强大的国防。
古老的长城没有沉睡，

英雄的军队百炼成钢。
用警惕编织的罗网,
密布天空、大地、海洋,
任何胆敢入侵的贼寇,
注定只能选择可耻的灭亡!

啊,中国梦,我心中的太阳!
你普照神州大地七十年,
哪有丝毫横秋老相,
依然焕发青春容光。
从站起来当主人,
到富起来奔小康,
如今又加速行驶在
强起来的奋斗航道上;
不知经历多少艰辛的跋涉,
终于迎来了——
新时代的天高地广!

啊,中国梦,我心中的太阳!
新一代共和国船长,
稳掌舵轮,破浪远航。
那铺锦叠翠的彼岸,
是更新更美的畅想,
中华民族全面复兴,

挽起全球同胞的臂膀，
积聚世界正义的力量，
坦然面对风云变幻，
从容傲视雨雪风霜，
夺取全面胜利的旗帜，
定会一路挺进，势不可当！

啊，中国梦，
我心中永远不落的太阳！

2019年10月

爱国三唱（组诗）

我的祖国啊……

我的祖国啊

你屹立在太阳升起的东方

上下五千年文明

为世界所景仰

也有觊觎的鹰眼

贪婪的虎口

妄图通过野蛮的征服

将你驯服成羔羊

但你历经苦难

依然挺直了高贵的脊梁

我的祖国啊

你高举革命红旗迎来解放

人民当家做了主

与贫穷争富强

曾有弥漫的妖雾

阴险的旋涡

竟想掀翻领航的巨舰

让你迷失了方向

但你力挽狂澜

坚决纠正了历史的荒唐

我的祖国啊

你打造中国特色社会主义

选择了改革开放

走出一路辉煌

那些潜藏的暗箭

霸道的明枪

挑战和平发展的天空

逼迫你停止飞翔

你审时度势，运筹帷幄

决不辜负民心的向往

我的祖国啊

你绽开了新时代自信的笑容

环顾东西南北中

向未来挥臂膀

那些变幻的风云

起伏的波浪

动摇不了你崇高的信仰

却砥砺你百炼成钢

你重温初心，积聚全力

扛起全面复兴的担当

我的祖国啊
你拥抱了七十年
新生的日月星辰
迎来青春复返
一派升平景象
那些岁月的艰辛
征途的坎坷
更为五星红旗的飘扬
增添了无限风光
你万古长青，永远蓬勃
紧贴儿女的心房

我的祖国啊
你是我深情的笔下
一首只有序曲没有尾声的
大爱大美乐章……

国与我

国，是参天大树
我只是
树上的一片叶子

国常青
我也常青

即使有一天
我从天空飘落
化为泥土
国的无数根须
也能复活我的生命
让我在高枝上
再现多姿的身影

我仍然是一片叶子
接受雨的哺育
风的启蒙
阳光的亲吻
积聚在年轮的国之大爱
以不同的表达方式
倾注在我的心灵
塑造我的新生

国我难分
根叶共存
假如没有根
再美的叶子

也会在枯萎中

消失在野兽的蹄痕下

假如没有国

我的魂魄

只能在伶仃中漂泊流浪

走向无边的混沌

国与家

国再大

也离不开家

九百六十万平方公里的国土

何处没有——

家的柴米油盐

家的田园桑麻

家的温馨天伦

家的守望牵挂

家再小

也离不开国

五十六个中华民族的家园

哪里没有——

国旗迎风飘扬

国徽闪烁光华

国歌响彻云天

国道四通八达

国与家

不分小和大

上下五千年天地玄黄的史册

反复敲打——

国是瓜田的藤

家是藤上的瓜

国昌方有家兴

国破四海无家

家与国

血脉连骨架

迈步新时代追逐梦想的征程

家国比翼竞发——

国策渗透民生

家风吹暖天涯

国魂催人奋进

家园开满鲜花

2019年8月8日

一路走来
　　——为庆祝人民政协成立七十周年而作

你和新中国一起诞生,
你在风云中一路走来。
肩负统一战线的光荣使命,
敞开团结合作的博大胸怀。
脚踏壮丽的神州大地,
跟定共产党从不摇摆。
一年一度的庄严聚会,
你代表人民的寄托和期待;
一如既往的肝胆相照,
你传承国家的精神和血脉。
啊,人民政协,人民本色,
啊,人民政协,中华气派,
你的光芒,辉映锦绣江山无限风采;
你的声音,伴和五湖四海汹涌澎湃。

你在新时代青春焕发,
你在奋进中更加豪迈。
自信中国特色的社会主义,
闯过改革开放的曲折障碍。

放眼明天的广阔前景,
紧随党中央决不徘徊。
一年一度的再接再厉,
你必有强国的建言和献策;
一往无前的风雨同舟,
你忠于对火红党旗赤诚的信赖。
啊,人民政协,民意心声,
啊,人民政协,民生讲台,
你的力量,推动中华民族全面复兴,
你的功勋,将在伟大史册永远记载!

2019年9月30日

走进中国宪法
　　——写在12·4国家宪法日

天真的孩童问过我
什么是宪法？
我竟会一时难以回答
年迈的老人问过我
宪法说了啥？
我居然迟迟无从对话
只因一道严峻的思考题
迫使我也在寻问
问茫茫中国，泱泱华夏
还有多少公民
对宪法感到陌生
摸不着门，找不到家
即便知道有宪法的存在
又有多少人明白
自己与宪法的关系有多大？

啊，尊敬的共和国公民们
请允许我以诗人的名义
与你们并肩、携手
大踏步共同走进宪法——

宪法是什么?
如果把国家所有的法律
比作喜马拉雅山脉
宪法,就是一览众山小的主峰
神圣而雄伟的珠穆朗玛
有人称之为法律之母
不同制度的国家
宪法的威力同样强大——

影响经济大潮的涨落
制衡政治风云的变化
是抵挡严寒来袭的暖流
是驱散迷雾笼罩的灯塔
是度量民心向背的秤砣
是带动生命之泵的马达

中国宪法说的啥?
她告知每一个公民
谁是国家的主人
谁掌握决定国家命运的砝码
谁能分享多少权利的蛋糕
谁应担负多少义务的承纳
国旗引领前进的方向
国歌催动奋斗的步伐
在和平发展中

寻求中华民族的兴旺与发达

中国宪法
融合了历史的智慧
凝聚了时代的精神
吸收了世界的芳华
酝酿于革命烽烟中
形成于五星红旗下
以人民代表大会为脚手架
筑起了一座
人民民主专政奠基的
公平正义大厦

人民的心愿是梁柱
人民的意志是砖瓦
扛得住暴风骤雨
经得起霜冻雪压
历经沧桑，路，越走越宽
久受磨炼，业，越创越大

中国宪法
通篇为人民立论
始终替人民说话
有序的民主和自由
有力的监督与鞭挞

远胜过那些"竞选"的闹剧——
明枪暗箭的争斗
费尽心机的谋划
唾沫飞溅的骂战
从渺小中挤兑出的"伟大"

中国宪法
授予公民足够的权利
谁也不许侵犯和践踏
从信仰到宗教
从言论到选举
从生命到财产
从就业到文化……
只有尊重和维护
以人为本的权
才是对"人权"最准确的表达

中国宪法
闪烁着历代先贤的智慧
付出了无数英烈
以生命为铺路石的代价
每一次修正
都因人民的拥护而升华
啊,为什么直到如今
仍有人敬而远之

误认为国事不关己
疏远了这座神圣的文明大厦
却把太多的虔诚和期待
奉献给沉默的菩萨

公民们，菩萨不会因坐享香火
就为有求者消灾避祸
只有接过宪法打造的利剑
方能震慑一切魔障凶煞
管他是躲在阴暗处的邪恶
还是来自腐败利益团伙
狐假虎威的重压
只要进入宪法的钢铁护栏
你就可以挺起胸膛
坦然地从黑夜走向明天的朝霞

快抬起头来，瞻仰我们的宪法
她正以深切的目光欢迎你的到达
在公民与宪法之间
应该时刻保持零距离
而宪法也期待着从国之大家
走进所有公民的温馨小家
千万别听信那些
宪法高不可攀的闲言碎语
宪法之高，是威严之高

是真理之高
一切违法者望而生畏
一切枉法者担惊受怕
在我们的心目中
她就是——
没有海拔的制高点
精神文明的珠穆朗玛

来吧,来吧,公民们
让我们一起走进宪法,拥抱宪法
细细研读
这座充满公平与正义的大厦
她会不断给你带来希望
她会源源给你注入力量
使你心胸敞亮,容光焕发
啊,当我们读懂了
"依法治国就是依宪治国"
这个深入浅出的立论
就能对所有关于宪法的考问
做出——
异口同声的响亮回答!

2016年12月4日

呼唤文明
——为深圳市宣传国家宪法日专题诗歌朗诵会而作

我以公民的名义呼唤文明
在神圣的宪法大厦上
居住着世界上
人口最多的中国大家庭
所有的男女老少
既享有各自的权利
又担负共同的使命
忠于祖国,热爱和平
每一双眼睛里
都闪烁着信仰的北斗星

我为人生呼唤文明
让脚下的每一步足迹
都不超越道德的斑马线
让思想的每一次放飞
都不偏离意志的防护林
拒绝人为财死的蛊惑
警惕精神病毒的入侵
将谬误的灰尘扫出视线

用真理的清泉净化心灵

我为城市呼唤文明
让如网的道路接受指挥
让如梭的车轮听从号令
禁绝雾霾肆虐天空
阻挡浊流玷污环境
集合起志愿者的大爱
不断增添崭新的风景
采集公平正义的法治之光
营造和谐温馨的甜美梦境

我为乡村呼唤文明
让田野的每一茬收获
都能回报耕耘付出的艰辛
让果园的每一次采撷
都有一份汗水换来的晶莹
将城市生活在乡村拷贝
把工业旋律在乡村录音
启动无数法治引擎
催开万里繁花似锦

我以儿子的名义呼唤文明
让天下所有的父母

都能分享到温暖的亲情
让孝顺的古藤
在家园的庭院里常青
我以父亲的名义呼唤文明
让世间所有的儿女
都能在爱抚中幸福成长
不让一滴孤独的眼泪
渗透孩子的心灵

我以丈夫的名义呼唤文明
让天下所有的妻子
都能依偎在恩爱的绿荫
决不许野蛮的风雨
毁灭美满的婚姻
我以朋友的名义呼唤文明
让天下所有的友谊
都远离虚伪和欺骗的陷阱
别让利益腐蚀真诚
失去人与人之间信任的黄金……

我以诗人的名义呼唤文明
在我们古老的国土上
诗歌,是最美的文明之花
千秋百代,从未凋零

一顶高过泰山的"诗国"桂冠
点燃了中华民族的文化自信
充满活力的朝阳啊
从未动摇过从东方升起的坚定
源远流长的中国诗歌
拒绝为母语的丰姿整容变形
于是我呼唤——
那些丢失的祖传风骨
快从迷惘的徘徊中苏醒
重新抖擞伟大的中国精神
重新回归不朽的中国文明

我呼唤文明
呼唤养育了千秋百代子孙的
中国传统美德和品行
呼唤生死与共的家国情怀
呼唤无私无畏的碧血丹心
呼唤山高水长的真诚友谊
呼唤天长地久的忠贞爱情
呼唤雷锋为人生引路的方向盘
呼唤焦裕禄为人民跋涉的身影……

啊，我呼唤中国文明！

2017年12月4日

祖国和宪法
　　——献给中华人民共和国第六个宪法日

2019年，北京的金秋十月
已近尾声
却有一支昂扬的序歌
在党的十九届四中全会上谱成
坚定推动国家治理
全面完善依法执政
中国特色社会主义制度
扬鞭跃马，纵辔驰骋
顷刻之间——
壮美旋律萦绕千山万水
铿锵音韵激荡日月星辰

这是又一支新时代的进行曲
激励中华儿女
团结奋斗，乘胜进军
这是又一座中共党史的里程碑
指引依法治国康庄大道
加速向前方铺设延伸
这是又一次历史的重大突破

宪法的动力将放飞出更多
现代化城市和乡村
宪法的光焰
将温暖每个公民的心扉
照亮所有寻常百姓的家门

为了谱写这支歌
我们的党中央总书记
于日理万机的奔忙中
已酝酿了二百多个晨昏
从春花烂漫到雁南飞
从中南海到党的最基层
八方倾听，上下求索
完成了又一次
国策的运筹帷幄
赢得了又一场
把握全局的排兵布阵

啊，此刻
七十华诞国庆的欢乐
还在我们的心口沸腾
又一个国家宪法日
沐浴着党中央全会的阳光
走遍大街小巷

传达改革开放最新号令
讲述法制建设的艰辛历程……

祖国和宪法，
是并列的崇高和至尊
宪法和祖国
同样伟大和神圣
祖国，是装满我们心中的
每一片天空，每一寸大地
每一篇史页，每一步征程
宪法，是照耀我们眼前的
每一束星光，每一缕朝霞
每一支火炬，每一盏明灯

宪法，沉淀了祖国
迢迢五千年璀璨的文明
在精心排列的
一百四十三条字里行间
有长江的千古钧沉
有黄河的民族之魂
有泰山的一览天下
有长城的蜿蜒绵亘……

祖国，凝聚了宪法

东西南北中的智慧结晶

在蒸蒸日上的

九百六十万平方公里领土上

有星火点燃的初心

有长征跋涉的履痕

有百废待兴的奋发

有排除万难的抗争……

自从一九五四年

中国第一部宪法庄严诞生

站起来的人民，便爆发出——

无数革命先驱

渴望已久的笑声和掌声

祖国，从新的地平线傲然崛起

宪法，始终与祖国心心相印

每年的北京人民大会堂

满天闪烁的繁星

倾听来自五湖四海的心声

祖国，时刻惦挂着人民

而宪法，就把真正的自由民主

赋予人民和一代代子孙

只有我们的祖国呀

才有人民当家的宪法

只有我们的宪法呀
才有自强不息的国魂
君不见小小寰球
假"自由"乐与邪恶共舞
伪"民主"专找正义挑衅
我们的宪法
鄙夷挖掘"人权"的陷阱
我们的祖国
拒绝靠霸权谋取的强盛

我们曾做过太久的宪法梦
如今有了宪法日
冬日也不觉得寒冷
经过六年的精心培植
一片片葱郁的法制森林
引来百鸟和鸣，万花缤纷
党中央郑重宣告
依法治国就是依宪治国
依法执政就是依宪执政
宪法以无穷的太阳能
照亮了我们
为理想而奋斗的大好人生

公民们，热爱祖国

就从宪法起步吧

勤读宪法，心中有祖国

必有公平和正义护身

深爱祖国，眼里有宪法

任何高度都能征服和攀登

记住：我们的宪法

只适应继往开来的祖国

生生不息的遗传基因

我们的祖国

永远与人民瞻仰的宪法

挽臂前行

2019年12月4日

初心

初心,是一声遥远的呼唤

于乱云飞度中,集结连绵的群山
顶天立地,气冲霄汉
以巨龙为象征的中华民族
终于挣脱黑暗的深渊
翻滚腾跃,抖落满身尘埃
追日逐月,采撷理想光环

初心,是发自生命的呐喊

于风雨雷电里,掀起澎湃的狂澜
黄河咆哮,长江挥拳
以寻梦为动力的华夏儿女
完成艰苦卓绝的登攀
浴血奋战,杀出进军坦途
融冰化雪,迎来春色满园

初心,是一组庄严的图案

飘飘赤旗上铁锤与镰刀紧挽
工农红军，万里征战
以信仰为灵魂的革命前驱
谱写前无古人的史卷
牢记使命，踏遍险隘雄关
高瞻远瞩，志在沧海扬帆

初心，是献给党旗的轩辕

铮铮誓言，回旋着忠诚和肝胆
家国情怀，时代标杆
以意志为骨骼的开路先锋
乐为奔向未来而追赶
永不懈怠，脚下自有风火
坚守信念，前方必定凯旋

初心，是采自深海的珍珠

久经磨砺，形成价值非凡
没有浮华，摒弃黯淡
在奉献中闪耀的纯净本色
造就无私无畏的典范
前赴后继，恪守情操风骨
山重水复，踏出一路烂漫

初心若花,只要倾情滋润
必有芬芳长相伴
淡雅的茉莉,华贵的牡丹
高洁的芙蓉,奔放的杜鹃……
映日百花开不败
姹紫嫣红代代传

初心如树,只要勤于修剪
便有绿风牵手还
婀娜的杨柳,俏丽的玉兰
傲然的松柏,挺拔的云杉……
无边落叶化沃土
万木葱茏天地宽

初心有眼,善识破,易看穿
蔑视的是空谈
初心有灵,轻虚妄,重品行
鄙夷的是背叛
失落能找回,背弃难复返
质地胜钢铁,无价金不换

初心,降服千难万险
赢得革命成功

五星红旗，飘扬出大美河山
初心，描绘锦绣前程
激发举国寻梦
中国精神
全面复兴，任重道远

初心，高铁飞驰大地的路轨
航母出巡四海的引擎
新征途定向的罗盘
初心，卫星遨游宇宙的能量
火箭发射太空的助燃
奋斗者探路的旗杆

初心，始终是早晨八九点钟的朝阳
在光明与黑暗的博弈中
制衡小小寰球的旋转
阻遏战争，推进和平
为人类填平苦难的深渊
与世界共创幸福的乐园

2018年7月1日

宣誓

我把2018年3月17日的日记，写成了诗……

今天，是个伟大的日子，
全中国的眼睛，
都在朝他深情凝视；
今天，这个庄严的时刻，
全世界的耳朵，
都在听他举臂宣誓。
啊，就像那一年，
他面对党旗倾吐初心那样，
今天，他以领袖的名义，
向国家宪法宣誓，
向全国人民宣誓，
字字铿锵，声声恢宏，
激流澎湃，高山仰止！

他在宣誓……
一手伸开，
紧贴红彤彤的《国家宪法》；

一手握拳,
发出沉甸甸的诤言明志。
神态,是那样从容,
语音,是那样清晰,
感情,是那样真挚。
他在宣誓……
人民大会堂,
满座代表的双眸,
已被激动的泪水润湿;
东西南北中,
无数家园的窗口,
都在默诵天涯共此时!

忠于宪法,
忠于祖国,
忠于人民……
这是党和国家的最高宗旨。
他站在最高处,
将誓言发送给五湖四海的
一草一木,
一山一石,
顶天立地的珠穆朗玛说:
我听见了!
愿为天下作证;

奔腾不息的黄河长江说:
我听见了!
愿为历史纪实。

领袖的宣誓,
是人民的最大福祉。
一言既出,
驷马难追,
中国奋斗精神,
必将收获更丰硕的物质;
全面复兴之梦,
定能赢得全人类的共识。
风云多变的天空,
阻挡不住和平鸽的放飞;
千姿百态的大地,
自有生长希望的成功种植。
改革开放的航船上,
我们英明的舵手啊,
树起了坚定的帆樯,智慧的旗帜,
一路挺进在向困难进军的征途,
从未动摇过一刻一时!

此刻啊,我不能不想起:
战争年代,英勇的先辈们,

曾无数次经历过,
与祖国共存亡的宣誓。
每当神圣的出征号角吹响,
在奔赴疆场之前,
统帅和士兵一起全副武装,
举起同样坚硬的铁拳,
以拍天的怒吼誓师:
我在,山河在!
攻无不克,战无不胜,
全歼入侵的鬼子!
此刻,燃烧的心火,
将战斗者周身的骨头淬硬,
成了劈向敌寇的枪刺!
如今聆听领袖宣誓,
怎能不热血沸腾!
我,曾经也是一名
捍卫过祖国领土的战士。

宣誓,对于领袖和人民,
将军和士兵,
具有同样的威力,
同等的价值。
为什么新时代领袖的宣誓,
更令人振奋,迫人深思?

只因有些对党旗宣誓过的人,
已经忘记光荣的标志,
忘记了背叛誓言,
乃人格的丧失。
领袖以振聋发聩的呼唤,
完成了一次
最宝贵的启示:
集结起于迷茫中散落的初心,
复苏了于游戏中骨折的意识,
从誓言中找回满满的自信,
莫将对人生美好理想的追求
过早地停滞。

宣誓!让我们跟着领袖,
一起举起手,昂起头,
向祖国宣誓,
向人民宣誓,
向宪法宣誓。
让誓言激荡胸怀,
向每一颗心灵注入活力,
为每一行步履增加速度,
让每一滴汗水滋润新枝。
宣誓!让我们跟着领袖,
追寻中国梦,迈向前方,

争当新时代的引擎,
认准目标,
共同奔驰!

啊,请记住这一天:
2018年3月17日。
人民大会堂内外,
掌声如雷春色浓,
瑞雪纷飞兆吉时,
领袖的誓言,
家喻户晓,童叟皆知;
人民的心声,
天涯回旋,隽永如诗!
兴冲冲的华夏大地,
千山万水都在奔走相告:
你听了吗?
——咱们领袖的宣誓!
你看了吗?
——咱们中国的宣誓!

2018年3月17日

他走过的地方

他,又出发了
从凝思的中南海
到一个个重点扶贫村
那些他时常牵肠挂肚的地方

他深入草原牧区
他探访远山僻壤
听边寨的啾啾鸟语
看绝壁的天路摇晃
他带去党中央的亲切问候
他怀揣人代会的致富锦囊
与基层干部说初心
跟父老乡亲聊家常
他留下的脚印,积满雨露
滋润小康之花一路绽放

他,又启程了
从繁忙的会议桌
到一个个改革实验园
那些他总是反复念叨的地方

他感受高铁奋飞
他目送航母出港
看科技的创新成果
听航天的凯旋乐章
他关切抗风沙的难题破解
他描绘治山水的生态画廊
去高产试验田论民生
到石油钻井队说能量
他留下的话音，萦绕天地
《奋斗之歌》旋律一路回响

他，又动身了
从东方的起飞线
到一个个环球着陆点
那些他推进和平发展的地方

他走遍亚非拉美
他远涉五洲四洋
同欧亚的列国握手
与西方的风云较量
他肩负共和国的复兴重托
他点燃全人类的共同希望
给饥寒国家送温饱

为"一带一路"指方向
他留下的目光,充满自信
祝福未来世界天高地广

啊,他是谁?谁是他?
这不是难猜的谜语
却未必能赢得
满分的认可,掌声的嘉奖

去问早春的和风
去问冬日的太阳
去问盛夏的花丛
去问金秋的稻浪
只因为他一年四季
都在为国家强盛
为人民幸福而辛劳奔忙

春风啊,熟悉他亲切的笑语
夏花啊,难忘他流汗的脸庞
秋色啊,欣赏他深沉的嗓音
冬雪啊,倾慕他火热的思想
道路铭记他铿锵的脚步
旗帜听从他有力的臂膀
河流钟情他壮阔的襟怀

放歌新时代——一个退役老兵的家国情怀

高山瞻仰他傲立的脊梁

是的,就是他——
他是共和国的领袖,脉搏里
有十四亿民心的跳荡
是的,就是他——
他是解放军的统帅,举手间
就能召唤起铁壁铜墙
他每一次出发
都代表了庄严的党旗下
九千多万宣誓者崇高的信仰
他每一次启程
都凝聚着火红的国旗上
五十六个民族大团结的力量

是的,他堪称伟大
但却把伟大的冠冕
戴在亿万人民的头上
他是群山举起的主峰
他是众星簇拥的月亮
他是驾驶中国号巨轮的舵手
他是设计中国梦乐园的巧匠

他走过的地方

穿越了一百多年的历史时空
夜沉沉,雾茫茫
那是林则徐焚烧鸦片的地方
那是洪秀全直捣王朝的地方
那是义和团拼杀外寇的地方
那是孙中山终结皇权的地方

他走过的地方
遍布神州大地东西南北中
那是共产党点燃革命星火的地方
那是红军跋涉万里长征的地方
那是中华民族战胜法西斯的地方
那是小米步枪赢得人民江山的地方

那是生长奇迹的地方
从一片废墟走向繁荣富强
那是集聚能量的地方
从一张白纸画出无限风光
那是充满生机的地方
从一声莺啼引来百鸟齐鸣
那是潜力无穷的地方
从一粒种子萌发百花开放

他走过的地方

有时远在天涯,要靠卫星

才能追寻他的形象

有时近在咫尺,稍不留意

他就会出现在街头陌上

一声问候,一个眼神,一次挥手

就把领袖和老百姓的距离

全都拉近到

一间间小小的心房……

2020年1月3日

我们的民主
——献给中国民主促进会成立七十周年

民主,似芬芳浓郁的花卉,
古往今来,不知有多少人,
紧追不舍,如痴如醉;
民主,如甘甜爽口的果实,
放眼全球,不知有多少人,
辛勤培植,倾洒汗水。

民主啊,民主啊!
多少人毕生都在呼唤,
这个内蕴无比丰富的词汇;
民主啊,民主啊!
多少人始终都想拥有,
这件价值难以估量的宝贝。

啊,多么好,我们的党派名称,
光荣的担当,崇高的使命,
——中国民主促进会!
啊,多么好,我们的精神家园,
鲜明的旗帜,坚定的信念,

——中国民主促进会!

我们崇尚真理和正义,
历经七十个春秋的磨砺,
玉洁冰清,吸收天地之精粹;
我们渴求和平与文明,
穿越七十年变幻的风云,
丹心慧眼,凝聚日月之光辉。

一个中国诗人这样咏叹:
只因对脚下的土地爱得深沉,
我的眼里才常含热泪……
一个民进会员如此感怀:
只因对民主的钟爱忠贞似铁,
我的心中才无怨无悔……

我们的组织为民主而诞生,
我们的集体为民主而聚会,
我们的思想为民主而放飞。
我们的民主是人民当家做主,
我们的民主是民生的完美体现,
我们的民主是民权的郑重承兑。

……刻骨铭心的公元1945年,

胜利大狂欢弥漫神州天南海北,
日寇败降,法西斯阵营彻底崩溃。
人心思安,企盼民主的太阳升起,
普照被铁蹄践踏的破碎河山,
将民族复兴的蓝图精心描绘。

腐败的国民政府却倒行逆施,
陷亿万民众于饥寒交迫之中,
豢养了一群屠杀民主的魑魅。
爱国志士们倒在独裁的枪口下,
以热血挥写的檄文警醒世人:
蒋家王朝,乃祸国殃民之罪魁!

12月30日,寒冷的胜利年岁尾,
一艘民主方舟从黄浦江畔起锚,
顶风的帆樯于黑暗中呼唤朝晖。
中国民主促进会庄严宣告成立,
一声声反内战、反独裁的呐喊,
与荡涤污浊的华夏赤潮聚合、融汇……

我们的第一代舵手马叙伦,
集结精英,遍筑舆论营垒,
挞伐反动政府的无耻与昏聩。
召唤黎明之口,却遭强权封堵,

撕破黑暗之手，竟被暴力捆缚，
对屠夫成佛的幻想化为烟灰！

在荆棘中探寻中国民主通途，
前驱们对血雨腥风横眉冷对：
除非上断头台，进集中营，
民主只能前进，决不后退！
我们的口，千寻铁链锁不住，
我们的手，摩拳擦掌专捉鬼。

中国共产党点燃的革命火把，
照亮了阴霾笼罩的赤子心扉，
从此，我们的民主找准了方位。
反动派挑起内战却引火自焚，
以精锐武器与人民意志对抗，
却催开了新中国的绚丽花蕾。

领袖登上天安门高呼：人民万岁！
肩负执政重任的中国共产党，
将民主党派紧紧团结在周围。
人民政协向我们敞开了怀抱，
人大会议也有我们的席位，
——难道这不正是我们曾经的梦寐？

是的,人民共和国经历了曲折,
民主的步伐也曾遭遇风雨雷电,
十年动乱更是将民主逼向垂危。
但是,我们的党挺过来了!
我们的国家和民族也挺过来了!
实现了理智和人民意志的全面回归。

新时期的多党合作统战方针,
给予民主更多求索的空间,
给予民主更多展现的机会。
改革开放是民主促进的动力,
发展创新是民主开拓的积累,
中国梦是民主成熟的能量贮备。

当今世界,民主是最热门的话题,
却也交织着一大堆混乱的思维:
有人鼓噪:民主该向西方看齐,
有人张扬:民主须与自由匹配。
"民主教士"四处兜售"人权"圣经,
却在自由神眼皮下纵容强盗和魔鬼。

请掂掂我们手中持有的民主分量,
再听听那些争夺议员的叫骂声,
闻闻那些竞选总统的铜臭味;

假如中国也全盘照搬如此民主,
将面临人造沙尘暴的灭顶之灾,
连万里长城的根基都将被摧毁……

我们倾心追求和崇尚的民主,
视国家尊严、人民意志为生命,
决不向任何称霸天下者屈膝下跪!
国有民主,家有民主,人有民主,
和谐相处,平等相待,赤诚相随,
这才是我们心驰神往的梦乡社会。

啊,我们的民主高贵而纯粹,
蔑视任何交易、欺诈、胁迫和虚伪,
奋发崛起,为和平发展铺设路轨。
为创造世界共同的福祉付出努力,
为建设寰球长久的平安奉献智慧,
中国博大的胸怀始终牵挂着全人类。

啊,我们为中国民主促进会而自豪,
古稀之年,与祖国共迎青春的回归,
中华民族老树参天,一代新叶叠翠。
七十年征途的足迹铺出了一条花径,
芬芳扑面,我们怎不深深地缅怀——
社会贤达、国家栋梁、民进老前辈。

真民主永不凋谢，假民主必将枯萎，
我们的民主，不属于上帝的恩赐，
而是在战争废墟中耸起的丰碑。
来之不易，就更值得珍惜和呵护，
坦然应对一切挑剔、嘲讽和攻击，
在新时代的磨合中更加完善和美。

一个与民主不离不弃的团队，
最理解什么是民主的价值和本质，
最懂得什么是民主的精华和累赘。
今夜，让我们为民进的生日举杯，
明天，我们将托举更亮丽的民主光环，
辉映共和国大厦的五星、齿轮、麦穗……

2015年10月

伟大的起航
  ——中国改革开放四十周年抒怀

1978年,在一场飓风中
搁浅太久的中国号巨轮
又拉响了呼唤未来的汽笛
如鲲鹏扶摇,一个亮丽转身
展开了改革开放的双翼
党的十一届三中全会
在何去何从的拔河中
取得了决定性胜利
人民大会堂的璀璨星光下
党代表们表决的手臂
高高举起国家命运、人民利益
一声"通过"的呐喊
震颤苍穹,回荡大地
从此,与人民同甘共苦的
社会主义,穿上了——
一身具有中国特色的新衣

精心剪裁的古老丝绸
纵情挥洒的丹青魅力

晶莹剔透的陶瓷纽扣
丰姿绰约的山水形体
丝丝入扣的五湖刺绣
琳琅满目的四海珠玑
经纬中有春秋百家智慧
花纹间有唐宋诗情画意

闪烁成吉思汗的天骄之威
展示郑和远洋的风采威仪
缝合康熙字典的文化筋脉
缀连辛亥革命的斗转星移
回响五四爱国潮的澎湃
叠印长征万里行的伟绩
铭刻抗日持久战的史篇
深藏小米加步枪的典籍……

以全面振兴为目标
以强国强军为底气
血肉筑起的长城永固
真理磨砺的初心不已
百川归海,勇往直前
开拓改革开放崭新天地
中国特色社会主义
在人类共同发展的广阔空间

架设五彩缤纷的虹霓
阻止战争瘟疫恣意蔓延
呼唤正义,化解危机

我们的祖先领教过"改革"
有辉煌的成功,也有惨痛的记忆
我们的前驱尝试过"开放"
有收获的甜蜜,也有遗憾的叹息
今天,历史语重心长的告诫
又萦绕在我们的耳际
每建筑一座改革大厦
都必须:以坚不可摧的
中国精神和民族风骨奠基
而开放,绝非改变祖传的基因
朝继往开来的后人静脉里
注射"月亮也是外国圆"的
"忘魂散"和"麻醉剂"

当深圳蛇口,点燃第一声开山炮
改革,就迎来势如破竹的崛起
当年还飘着"米"字旗的香港
表现出从未有过的惊异
眼看着山水相依的毗连边镇
粉碎了堆积多年的贫瘠

新路如网,广厦林立
耳听着尘封太久的国门
轰然敞开,人潮汇集
望眼欲穿的同胞无不含泪欢呼
分享祖国迈向富强的甜蜜

但是,所有的"改革"
都不可能像反掌那样容易
我们一路坚定地走来
别有一番滋味渗透在心底
我们经历的不仅是
大自然惯用的风雨交集
还有人类各自为政的
我行我素,于交流中的对立
而在对国内产业布局的割舍中
无数下岗工人的泪水
也是一次神圣庄重的洗礼
实现新的组合,必有旧的舍弃

我们的改革开放领航人
时刻从实践中求真理
笑对国际风云,直面国内难题
久经考验的中国共产党
审时度势,力排众议

认准方向,将改革进行到底
按既定宗旨,为开放披荆斩棘
我们的黄皮肤,黑眼睛
这传承千古的国色,无须整容
中国人,自有对中国血统的痴迷

啊,改革开放四十年
在崭新的地平线上
留下了几代中华儿女的足迹
老年梯队渐行渐稀
依然带有草鞋气息
中年梯队步履沉稳
脚下显露跋涉痕迹
青年梯队越走越密
时时透出青春活力
其实,中国的长征
一直没有将最终目标偏离
哪怕再转几个大弯,遇几次偷袭
也不会迷失锤与镰托举的太阳
每天,那一缕引路的晨曦……

啊,看今日之中国沧桑巨变
东西南北中,无处不在奋笔书写
当代的神话和传奇

海中海的探测，天外天的寻觅
都市化的腾飞，科技城的崛起
日新月异的梦乡，花团锦簇的大地
中国造航母编队乘风破浪
在领海构筑铜墙铁壁
中国造高铁轨道风驰电掣
向世界传递最新信息
中国造大飞机翱翔长空
中国造工业品日新月异

啊，听今朝华夏鼓乐笙歌
天涯海角间，无时不在回响
和平发展的雄壮交响曲
愿人类合作共赢
令霸权屈膝于真理
不容国家主权再流血
不许民族尊严再受欺
强大三军，既守护国土家园
也捍卫世界正义
建设团队，既装点江山多娇
又驰援世界各地

啊，四十年涛声不息
中国号巨轮在改革中运足马力

啊,四十年所向披靡
中国号巨轮在开放中节节胜利
雾海寻梦,一个花季接一个花季
迎风撒网,一个惊喜又一个惊喜
但须牢记:新时代的航程任重道远
并不像旅游那样轻松惬意

稳掌舵向,凝视前方
在远航中征服颠簸
在冲浪中胆壮心细
在礁岬中洞察秋毫
在夜行中点亮警惕
梦的彼岸越是靠近
越是不可疏忽任何环节
不忘历史教训,严防前功尽弃
当朝霞初显时,拉响昂扬的汽笛
每天,都以清醒的头脑
迎接一轮新的太阳
从汹涌澎湃的大海喷薄升起……

2018年7月

梦想大厦的四十级台阶
　　——为改革开放四十年而歌,并缅怀老兵袁庚

1. 重温十一届三中全会

自一九七八,
到二零一八。
从噩梦里惊醒的中国,
一直在顽强地登高,攀爬……

党的十一届三中全会,
勾画了一座
四个现代化的"梦想大厦"。
每跨越一级,
都须付出
三百六十五个昼夜,
滚滚的汗水,
铿锵的步伐。

那时,世界正眨动各种眼神,
窥视东方的变化——
尘封太久的中国门,

终于缓缓开启,
声音沉闷,也有些沙哑。
四海商船泊岸;
八面来风抵达。
有人担忧:社会主义,
会不会被资本主义挤垮?
但更多的,是焦虑和期待。
路漫漫兮,
从长征走出的队伍,
该向何方开拔?

"改革",并非陌生的词语,
图书馆藏书中,
有的是沉重的史话;
"开放",也不是旷世奇闻,
丝绸之路的驼铃,
早就摇曳天下。
艰难的是:精心打造的
社会主义车轮,
将该如何奔驰在
地球上的那些坑坑洼洼?

一个扭转乾坤的决议,
 压倒了决策天平上

博弈的砝码；
一大堆陈规戒律，
将被淘汰出局，
完成了亮丽转身的中国，
迎着崭新的地平线，
雄赳赳重新出发。
中央全会的委员们，
又一次见证了
党的英明和伟大。
波涛般齐刷刷高举的手臂，
撑起了"梦想大厦"
——顶天立地的骨架。

啊，重温十一届三中全会
那振奋人心的一幕，
我的热泪，
禁不住朝大地挥洒；
啊，回顾中国改革开放
那艰辛的起步，
我的诗情随热血澎湃，
从心窝里直奔脚下。
细细追忆：深圳热土上
那无数开拓的足迹，
是怎样绽放成

瑰丽无比的鲜花……

2. 袁庚受命

在千千万万开路先锋中,
有一位南海的儿子,
慈眉善目,心胸豁达。
他为起航的船队,
树立了标杆和灯塔;
与父老乡亲同甘共苦,
告别沉重的渔网,
将现实演绎成神话。

是他,就是他——
抗战老兵袁庚,
曾在烽火岁月奋勇厮杀;
地下党员袁庚,
曾冒死拯救精英文化;
外交使节袁庚,
曾在国际风云中叱咤;
"秦城囚犯"袁庚,
曾蒙冤苦度铁窗生涯;
热血男儿袁庚,
为改革开放,再扬鞭跃马……

当他踉跄着,
晃出监狱的铁闸,
还来不及
在自由的空气中溜达,
就奉命为改革探路,
风尘仆仆,一路南下。
在他诞生和战斗过的原野,
扛起为寻梦造势的重压。
在饱经沧桑的蛇口,
完成了创办中国之窗
最早的求索和勘察。

蛇口半岛,风光迷人,
却是一块历史伤疤。
多少偷渡的悲剧,
破碎的渔网,
污染了青山碧海,
朝晖落霞。
袁庚,归来的赤子,
乐与故土共尝
开创新生活的酸甜苦辣。

他掩埋了偷渡的尸体,

将边界的铁丝网，
一把紧抓。
为什么相隔咫尺，
骨肉同胞之间，
竟有天壤之别的
贫瘠与繁华？
他风风火火，
直奔毗邻的香港，
与百年招商局，
促膝长谈，倾心对话。
指点落地窗外，
紧紧相连的海湾，
激扬出几份
牵手合作的规划。

他急匆匆返回蛇口，
向北京呼叫，
彻夜坐等拍板的电话。
战斗号令终于吹响，
他迅速集结人马，
以当年炮轰
侵略者的壮怀激烈，
亲自点燃了
新中国改革开放，

第一串振聋发聩的爆炸！

3. 诗人的见证

啊，我有幸见证了，
压路机群从废墟上滚过，
将蛇口的条条道路，
在现实的白纸上印刷；
啊，我深刻体验了，
从跋涉到飞翔的幻觉，
蛇口用撕碎贫瘠的手掌，
魔术般掀开了，
现代新都市的面纱。
为苦日子叹息了多年的
海岸渔村，
弹指间竟出落得
美不胜收，绰约风雅——
深水港昂然崛起，
海天间虹桥飞跨，
工业区绿荫环绕，
交通网四通八达，
花丛中新楼林立，
校园里童声咿呀……

蛇口，就像高马力引擎，
带动深圳起航，
驰向海角天涯。
流汗的开荒牛，
躬耕不息；
智慧的高科技，
频频上马；
将社会主义市场经济，
引向兴旺发达。
可是，风口浪尖上的蛇口，
却时而遭奚落；
冲锋陷阵中的袁庚，
竟常常被责骂。

但精彩的《老兵新传》，
并没有闭幕停演，
蛇口还是蛇口，
袁庚仍是袁庚，
蓝图接连绘出，
项目遍地开花。
袁氏的"蛇口模式"，
就像破土的笋芽，
将春天的美滋味，
送到千户万家。

诗人曾借海涛助威,
为他鸣不平,
他却总是笑着说:
别当回事,没啥!没啥!

4. 蛇口格言

在招贤民主会上,
 他曾经冷不防
受到嘲讽和鞭挞。
一个后生,以犀利的口舌,
否定了他——
对一个重要职务的提拔。
众人指责,他鼓掌,
夸道:好!有道理,
同意你的看法!
在激烈的争议中,
创建蓬勃的新体制;
在怀疑的目光里,
拆除挡道的旧篱笆;
该坚持的,他寸土必争,
该否决的,从不婆婆妈妈,
每当成功的时刻,
他的笑容就格外灿烂。

不沾美酒,
爱高呼:冲一壶靓茶!

耀邦同志,
为他敢担风险撑腰;
小平同志两次南行,
与他亲切对话。
这时候,两个老人,
忽然都像成了娃娃,
目光中交流着,
一片纯真,几多无瑕。
对改革开放的认同和执着,
亲近得如同
一根藤上结的瓜。
将帅下令:
杀出一条血路来!
老兵亮剑,
劈出满目嘉年华!

"时间就是金钱,
效率就是生命"
蛇口格言,
又激起一阵嘈杂。
袁庚认定,这是市场哲理,

聪明人，何苦偏去犯傻？
当这十二个汉字，
成了贴满特区的窗花，
改革之"圳"，
又倒映出更多奇葩：
敢为天下先，
土地拍卖一槌定价；
牵手全世界，
股票市场走向天下；
山重水复，
"中国制造"急浪淘沙；
天高地广，
"大湾新区"前景如画……

5. 仰望星空

老兵叶落归根，
在最困难的时候，
他从未动摇毫发。
海的儿子闪烁蓝色光焰，
点亮中国巨轮
起锚远航的灯塔，
直到生命最后一息，
仍惦挂"梦想大厦"。

他倾尽全力,
已登临了三十八级台阶,
于弥留中神往着
再给未来增砖添瓦,
不断地登高……
不懈地攀爬……
今日蛇口,不就是
昨日向往的海市蜃楼吗?
连废弃的"明华轮",
也复活成一片"海上世界",
昼夜笑语喧哗。
他欣慰地闭上双目,
清点毕生跋涉的足迹,
收获一路清馨,一路芳华。
他用最后的清醒,
给花朵们默默取名:
"改革"——"开放"
"出发"——"到达"

今夜啊,我们已登上
第四十级台阶。
俯瞰流年,
无悔"改革"的摔打;
遥望远方,

稳掌"开放"的大闸;
于进出之中受磨炼;
在往来之间细洞察;
一不弃中国精神,
信仰只能升值,
不可掉价;
二不舍民族自信,
全面振兴之路,
初心是不落的朝霞。

一年一级台阶,
高度不断升华。
改革的天空,
在翱翔中多么旷达;
一年一级台阶,
广度不断扩大。
开放的视野,
在远望中无际无涯;
一年一级台阶,
岁岁都传佳话。
在登攀中享受,
追日逐月的潇洒。

今夜啊,我仰望星空,

寻觅那些移动的光环,
倾听河汉的浪花。
莫不是先驱们在另一世界,
又把新的足迹播撒?
那一束亮亮的、
匆匆移动的星光,
莫不是袁庚的步伐?
我真想献上,
从他留在大地的足迹里
绽放的鲜花。
只是我还没有攀上
贴近星座的高度,
为缩小距离,
我尚须积蓄脚力,
继续向上,努力攀爬。
但我能断定,
他一定闻到了浓郁的芳香,
一定也听见了:
庆祝改革开放四十年,
磅礴的交响,
密集的鼓点,
欢乐的唢呐,
还有,他曾经关爱过的诗歌,
向昨天的致敬,

对今日的礼赞,

与未来的应答……

2018年11月8日

足迹与花环

四十年韶华金光闪闪
一个日子
就是一片含露的花瓣
四十年奋斗力挽狂澜
一行足迹
就是一簇五彩的烂漫

我要用足迹上绽放的鲜花
编织两只奇特的花环
一只叫"改革"
一只叫"开放"
能像风筝一样放飞
能像引擎一般旋转

我要让花环上每一缕芳香
不因时间而消散
让"改革"永葆青春活力
让"开放"始终精神饱满

我要让鲜花上都有灵犀

能辨真伪,可识泰山

让"改革"避免走弯路

让"开放"不会关门扇

我要让足迹和鲜花

成为永远相依相随的伙伴

只要人生的足迹不消失

鲜花的色彩和魅力就不会冲淡

我要让"改革"和"开放"

成为比翼齐飞的鹏展

不断赢得广阔的天空

翱翔万里,方寸不乱

足迹是繁衍花环的温床

花环是培育足迹的摇篮

足迹是春天的信使

引来无限生机,花好月圆

每一条改革之路

都是足迹向未来的铺展

每一扇开放之窗

都是花环对明天的召唤

啊,永不消失的足迹

啊,永不凋谢的花环……

2018年9月

窗口放歌

四十年前,一群候鸟南飞
落在向世界敞开的
第一扇"共和国窗口"
我加入了这个群体
怀揣"特别通行证"
和几个月的粮票
栖身边陲深圳
开始了寻梦的奋斗

我来自繁华的大上海
常仰视租界年代留下的洋楼
面对那些"多国风情"
我并不感到自豪
回望历史,总有阵阵隐忧
我曾无数次发出天问
一个强大的中国
将如何崛起于久经磨难之后?

十一届三中全会一声号令
启动了巨大的引擎枢纽

中国,只有在飞翔中
才能拥有广阔天空
搏击风云,傲立寰球
我扑向"开放"的心情
就像革命岁月
奔赴红色苏区一样急吼吼
我投身"改革"的姿态
如同红军长征
踏上万水千山一般雄赳赳

深圳,对春天情有独钟
蛇口半岛第一声爆破
催春华盛开,春水长流
告别农耕渔猎
一扫几代苦愁
在荒山野岭之间
纺织出一路当代丝绸

啊,我惊喜:如林的广厦
不断刷新自信的高度
使记忆中的上海洋建筑
变得龙钟而消瘦
啊,我感叹:如潮的人流
纷纷投入自强的竞争

从贫瘠中开拓出阳关道
铺出一片片锦绣

奔的是现代化
赶的是开荒牛
在"试验田"上耕耘播种
汗水不断把红壤渗透
在探索中摸着石头过河
将智慧凝结成破冰之舟
山重水复迎来多少旖旎风景
砥砺前行踢翻多少陈年窠臼
历经成功与失败的碰撞
赢得百业兴旺,独占鳌头

四十年建设"窗口"
不仅享受了阳光的爱抚
也领教过风狂雨骤
从特区姓"社"还是姓"资"
到"窗口"开"左"还是开"右"
从土地拍卖的是与非
到股市难测的熊与牛
从一幅蓝图的争论
到一项决策的举手
"改革"常在颠簸中前进

"开放"曾在雾霾里奔走

四十年守望"窗口"
不仅见证了无限风光
也目击了藏污纳垢
有人借"改革"损公肥私
有人将"开放"推入阴沟
污染了流淌中国精神的净水源
麻痹了传承民族风骨的灵与肉
腐败在贪欲中随暗流漫延
崇高在动摇中与信仰脱钩
洞察秋毫的党旗和国旗
时刻把握飘扬的风向
运筹帷幄，调整舵盘，一丝不苟

四十年装点"窗口"
造就山外青山楼外楼
再没有舍命偷渡的悲剧
再没有远奔他乡的离愁
当年到香港谋生的打工仔
纷纷回归故里把好日子享受
搂着花朵般的新时代
将改革开放夸不够
他们说不出多少大道理

只凭舌尖的丰富经验
品尝新时代的靓茶美酒
谁要是跟这样的生活过不去
就是朝自己的脚上砸石头

四十年伴随"窗口"
我已从中年步入老朽
目睹"窗口"不断扩大
见证特区挥写春秋
任意剪裁一幅画面
都有我熟悉的风情韵味
都有我神迷的色彩架构
从窗口仰望蓝蓝天空
繁忙的航班正往来不休
从窗口俯瞰寥廓大地
如网的车道正穿梭奔流
遥望天外天的宇宙
中国飞船如嫦娥舒广袖
倾听地下地的深处
中国地铁似鲸鱼破浪游
啊,我怎能不为四十年放歌
以真诚的诗句为庆典下酒

我用汗水冲洗过的"窗口"

放歌新时代——一个退役老兵的家国情怀

我用眼泪倾诉过的"窗口"

我用心灵擦拭过的"窗口"

我用足迹叩问过的"窗口"

以水晶般的透明

诠释了"改革"的真谛

四十年沧桑巨变振兴神州

以雁翎般的执着

悟透了"开放"的内涵

四十年叱咤风云造福寰球

四十年艰辛

四十年发愤

四十年登攀

四十年竞走

四十而不惑,前路直如发

壮怀,健步,明眸

时间宝贵,不容再徘徊停留

胸怀中国心,追寻中国梦

听五湖四海齐声唤——

兄弟同胞们,加油,加油

实现中华民族全面复兴的目标

正是甩开大步的好时候!

2018年9月9日

庚子鼠年新春的感动

庚子鼠年
一场突发的疫情
袭击江城武汉
卷来料峭的春寒
欢度佳节
四海游子把家还
却有新型冠状病毒
悄然蔓延，酿造灾难

黄鹤楼下
瘟君隐形煽阴风
摇撼满城灯火璀璨
鹦鹉洲头
看不见的魔爪
撕扯一派花好月圆
夺命的恶疾
正从大江两岸向四海扩散

首都北京
一声号令天下传

发出战斗的召唤
疫情就是敌情
民众生命重于山
防控刻不容缓
务必编织天罗地网
阻截凶险病毒的流窜

除夕,武汉断然封城
千家万户齐动员
一个家庭,一座壁垒
一个社区,一道营盘
坚守每一寸阵地
堵死每一丝隐患
电视观战报
微信告平安

举国大救援
天南地北送温暖
白衣天使们
舍弃了除夕的团圆饭
直奔抗疫最前沿
千钧风险一肩担
想起出发前的誓师会
泪光仍在眼中闪

人民军队

倾听初心呼唤

驱动防化车轮

风驰电掣闯雄关

各路军医雷厉风行

火速集结第一线

争分夺秒,辗转病房

手在流汗,心也流汗

国务院总理

穿云破雾,亲临现场

传达中央指示

阵前排忧解难

基建巧匠

平地托起新医院

请来雷火助威

为生命通道扫除羁绊

一批批救援物质

一笔笔抗疫专款

一条条慰问电文

一次次志愿请战

来了,四面八方的捐赠

来了，万水千山的祝愿

来了，海内外同胞的关切

来了，全世界友邦的问安

武汉人眼含热泪

听，是谁在领唱国歌

起来！起来！起来！

我们万众一心

冒着敌人的炮火

前进！前进！前进进！

啊，这是从内心深处

发出的磅礴呐喊

气壮山河的旋律

顿时冲破狭小空间

在云天回荡

令大地震颤

将万里长江的魂魄召唤

此刻，我想起了"浪遏飞舟"

那不可阻挡的

中流狂澜

我又想起庚子之耻

腐朽的封建王朝

向侵略者卑躬屈膝
割让我大好河山
黄浦滩头
洋人视华人如犬
那时若有瘟疫肆虐
必然是哀鸿遍野,惨绝人寰

同是庚子年
如今国强民富
新时代乾坤倒转
举国拧成一股绳
围追堵截战犹酣
无论瘟君欲何往
也休想逃脱
十四亿人的巨大包围圈

从日理万机的
国家领袖
到牙牙学语的幼儿班
都有一面五星红旗
紧紧贴在心坎
国旗飘扬在哪里
哪里就是前进方向
哪里就是行动指南

啊,这就是我们
征服疫情的精神保障
赢得胜利的力量源泉
啊,这就是我们
面对危难时刻的从容
接受严峻考验的坦然
一个民心凝聚的伟大国家
唯有担当,没有躲闪

祖国是山,人民是水
祖国是城,人民是砖
每逢灾祸来袭
国家与人民
便紧紧抱成一团
没有任何挑衅
能把这血肉凝聚的力量
动摇和拆散

在祖国的面前
我们所有男女老少
都成了听话的乖孩子
认真地戴上口罩
静静地守护家园

以百倍的警惕

换十二分安全

按照战役的周密部署

人人都是不可缺少的一员

庚子鼠年春节

我每天都在感动中度过

那些静静的白昼

那些静静的夜晚

从上海寓所

遥望湖北故乡，牵挂武汉

为无私无畏的白衣天使

献上诗歌的礼赞

我以一个退役老兵的情怀

感受着这场

没有枪声炮火的激战

我为我的祖国自豪

我为身为中国人而骄傲

我深信战役的终局

必定能以最小的牺牲

赢得众望所归的最大凯旋

2020年2月4日

武汉的"山"

雷神山、火神山、钟南山
这是武汉封城之后
三座家喻户晓的"山"
没有高度,只有重量
两座是对神的寄托
一座是对人的祈盼

瘟君作祟,恶疾成患
夺命的新型病毒侵入家园
一些人选择了逃离
惊慌中将疫情扩散
更多的人选择坚守养育之地
仰望着救苦救难的山

两座山,以迅雷火速
于弹指之间
崛起了两座医院
仙鹤般的白衣天使
驾着祥云,翩然而降
投入了争分夺秒的救援

一场围剿恶魔的鏖战打响
猎猎帅旗下,挺立着
八十四岁的老将钟南山
以孔明的智谋,黄忠的豪气
华佗行医的果断
博弈在全国抗疫的大棋盘

在病魔出没的前方阵地
一次次探讨作战方案
在忧虑重重的期待面前
一声声发出必胜呼喊
在举国凝视的目光之下
一回回举起钢臂铁拳

他代表着中国自信
他承担着人民心愿
他激励着所有战斗者
不获全胜誓不还
他是无数磐石的凝聚
他,是武汉人心中的"山"

雷神山没有神
却有神也奈何不了的
科学、国力、团结
无私、无畏、勇敢

只有伟大的中华民族
才能将魔鬼吞噬生命的宴席掀翻

火神山也没有神
却有如火的大爱，如火的情感
如火的奉献，如火的肝胆
惧怕高温的凶险病毒
在这里只能灭亡
中国拒绝一切疯狂的暗算

钟南山不是神
却是神奇的人
瘟君的克星，白衣天使的典范
上有国旗壮行色
下有民心长相伴
前路坦荡，步步都有胜利召唤

武汉的三座"山"
是伟大战役的钢铁营盘
于无声处听惊雷
灭毒烈火正燎原
千军万马大反击
席卷鼠年倒春寒

2020年2月21日

朝阳与落日的咏叹
——纪念中国人民抗日战争胜利七十周年抒怀

1

旋转的地球
制造了无数次日落日升
——升起的是蓬勃
——落下的是沉沦

动荡的世界
经历了无数次生死之争
——活着的是演示
——死去的是佐证

自从有了人类就有了文明
人之初,性本善
中国式启蒙哲理
是一盏透视灵魂的神灯

在朝阳与落日之间
总是隔着一片混沌

当天使的视线被阻截
魔鬼便在黑暗中悄然现身

一部沉重的战争史
记述了无数次生命的抗衡
在善与恶的对垒中
正义始终保持着庄严和神圣

朝阳是胜利者灿烂的笑颜
蒸蒸日上,蓬勃东升
落日是失败者惨白的面色
惊恐绝望,坠落西沉

2

天翻地覆的1945年
第二次世界大战扭转乾坤
反法西斯联盟势不可当
侵略者演绎了引火自焚

中国的抗日持久战
也跨过了胜利的凯旋门
穷凶极恶的军国铁蹄
被历史巨轮碾成齑粉

七十年前最精彩的文字
莫过于日本投降的号外新闻
全中国成了欢乐的海洋
锣槌鼓棒不知敲断了多少根

忍受了无数屈辱苦难的人民
以钢筋铁骨撑起了国家命运
——那前赴后继的浴血厮杀
——那视死如归的冲锋陷阵

一部向战争索回和平的史诗
一份以正义摧毁邪恶的铁证
我军高奏凯歌，气壮山河
日寇抽泣哀号，落魄丧魂

穿越长夜的朝阳活力无穷
新中国踏上和平发展的征程
坦然面对风云变幻的时代
于海阔天空中向未来驰骋……

3

历史是一面绝对公正的明镜

照出欢乐，也照出了悲情
胜利的中华民族笑容灿烂
惨败的日本帝国弥漫阴云

第二次世界大战
以法西斯阵营的崩溃作尾声
希特勒们的疯狂与虚妄
顷刻间化为一堆焦臭的灰烬

当核爆炸下的广岛和长崎
还没有从骇人的噩梦中苏醒
天皇的投降诏书字字如霜
已使富士山美丽的樱花纷纷凋零

军国旗帜上的那一轮落日
于瑟瑟秋风里正坠入深渊
黑夜成了一块巨大的遮羞布
绝望的号啕与昏鸦的聒噪共鸣

当罪恶累累的战犯被公审之时
有多少无辜亡灵前来声讨索命
但倒毙的只是几具空洞躯壳
靖国神社的香火仍在袅袅飘升

年复一年祈祷军国复活
日复一日梦呓"武运"重振
在右翼的煽动下铤而走险
于固执和癫狂中不惜自毁前程

4

其实，朝阳与落日
都是同一个太阳的子孙
并非虚构的天使和魔鬼
也不该成为人类敌对的象征

中日关系曾历经颠簸浮沉
有过干戈相对，也有玉帛互赠
有过你死我活的浴血拼杀
也有过源远流长的邦交文明……

十四年持久战，我们反复较量
凭小米步枪，照样克敌制胜
须知今日中国，已非甲午清廷
有实力粉碎一切冒险的入侵

我们渴望和平，但不惧怕战争
我们拒绝侵略，却不封锁国门

朋友来了有好酒，豺狼来了有猎枪
——乃发自中国人民内心的歌声

岁月如流，冲不淡血写的记忆
七十年来警钟长鸣，代代传承
我们可没有涂改教科书的习惯
擦拭历史明镜，从不让它变形失真

我们为当年的伟大胜利而自豪
更为今日的强盛而充满自信
在朝阳下放飞心中的和平鸽
愿祖国远离战争，与世界共享安宁

5

啊，轰轰烈烈的朝阳
从中国地平线上不断升腾
一切风霜雨雪的挑衅
都阻挡不住我们向高处攀登

啊，摇摇晃晃的落日
于波涛汹涌中挣扎翻滚
一切痴心妄想的反扑
都休想复活军国主义幽灵

世界在朝阳辉映下精神焕发
人类在和谐相处中携手迈进
那些"树欲静而风不止"的躁动
来自地球上总是填不满的欲望陷阱

沉湎于占有，陶醉于征服
像虚构的上帝那样主宰天下命运
国际舞台上有了这样的主角
战争随时会寻找借口绑架和平

冷战与热战之间距离并不遥远
历史与现实有时会走得很近
为了让血腥的岁月不再重返
我们怎能淡忘抗战胜利的喜庆

每一颗中国心上都耸立着丰碑
紧握的铁拳比岩石更坚硬
每一双中国眼里都闪烁着朝阳
照亮了铺向明天的开拓脚印

6

五月，我们向莫斯科红场致敬

向击溃法西斯阵营的俄罗斯民族致敬
向卫国战争中视死如归的英雄致敬
向被收复的城市、乡村和江河致敬

九月,我们向北京天安门广场致敬
向粉碎侵略者铁蹄的中华民族致敬
向抗日战争中浴血厮杀的勇士致敬
向被夺回的天空、大地和海洋致敬

为了昨天的记忆,我们检阅
为了今日的提醒,我们练兵
君不见某帝国频频挥舞霸王鞭
败寇兴风作浪召唤死魂灵

我们拥有朝阳喷薄向上的精神
我们蔑视落日急速下坠的惯性
甘当传输光明和热能的信使
愿付出十倍努力,为地球争一分温馨

7

升起吧,朝阳般的中国新时代
让温暖的东风刮得更加强劲
坦然地走我们自己的发展道路

别在乎那些从不同视角窥视的眼睛

无论是觊觎、妒恨还是刻意寻衅
都动摇不了我们对未来的美好憧憬
尽管落日之后会引来一片黑暗
但密布苍穹的繁星照样在传播光明

我们隆重纪念反法西斯战争的胜利
是向全人类宣示我们有实力捍卫和平
在国旗爱抚下的天空、大地和江河湖海
到处移动着为正义而巡逻的身影

我们拥有无坚不摧的强大军队
我们拥有无往不胜的伟大人民
我们无惧于一切威胁和恐吓
甘当为和平而奋斗终生的尖兵

听马达隆隆、战车辚辚、军歌声声
看雄鹰穿云、利炮昂立、飞弹列阵
前进着的是长江,站立着的是长城
——这就是中国对胆敢入侵者的回应

我们永远保持着朝阳的活力
闹钟响一次就增加一次提醒

假如七十年前的大战历史不幸重演
我们必然会获得更隆重的胜利喜庆!

2015年9月3日初稿
2017年7月11日改定

这是我们的土地
　　——读纪念抗战胜利国画长卷感怀

这是一场
用热血泼写的伟大胜利
华夏子孙们冒着敌人的炮火
以刀枪为笔,通力合作
描绘出气壮山河的丹青长卷
——《这是我们的土地》

这是我们的土地
勤劳而淳朴的先辈
世代在这里休养生息
翱翔于海阔天空
耕耘于山水相依
焕发蓬勃的生命活力

这是我们的土地
却踏入了法西斯的铁蹄
疯狂地掠夺和杀戮
以残酷的战争为游戏
我们的土地怒吼了

号令中华民族奋勇抗敌

于是，在二十世纪的历史舞台
便上演了正义与邪恶的对决
统一战线，众志成城，八面伏击
以大智大勇搏杀尖端武器
大刀向鬼子们的头上砍去
难忘那所向披靡的壮烈和神奇……

是的，那场艰辛卓绝的持久战
我们付出的代价也不低
无数次扫荡和剿灭的兽行
使多少手无寸铁的平民百姓
成了被毒焰吞噬的蝼蚁
万里长城见证了强盗的累累恶迹

面对山河破碎、民生凋敝
我们风骨犹存的土地啊
仍迸发出无限生机
信念和意志筑起的血肉壁垒
胜过一切钢铁堆砌的优势
奠定了这场必赢的伟大胜利

这是我们的土地

为夺回一草一木的尊严
同胞们前仆后继，拼到最后一息
鬼子兵乖乖向中国缴械
刽子手纷纷走上被告席
中国心激荡了七十多年的狂喜

但是，世上竟有无耻的一流
贼心不改，本性难移
常把生锈的屠刀出鞘擦拭
硬将血腥的侵略美化为功绩
神社终年弥漫招魂的香火
教科书印满谎言和梦呓

不反省，拒道歉，抗谴责
兴风浪，假虎威，工心计
休漠视这股世界发展的阻力
二战烽烟虽已随风远去
战败国被锯断的触角
仍保持着对侵略的依恋和痴迷

惊回首，那庄严的判决依旧清晰
面对变幻莫测的世界风云
我们对划时代的胜利倍加珍惜
只因地球上还游弋着战争基因

光天化日下仍有贩卖黑暗的交易
随时都有枪口对和平鸽扣动扳机

深情凝望这幅丹青历史画卷
我禁不住致以退伍老兵的敬礼
这画里有我们永生的国魂
这画里有我们常青的民意
这画里有我们由衷的自豪
这画里有我们发奋的启迪

多亏那炽热的抗日烽火
将一代风华炼成真金和真理
厌恶战争，但决不向战争弯腰
热爱和平，但决不为和平屈膝
做好了反侵略的一切准备
依然为世界和平发展竭尽全力

坦然而从容地运筹帷幄
在自己的土地上把梦乡寻觅
九月，是我们收获的黄金季节
细品胜利果实心中备感甜蜜
我摘下老花镜擦着薄雾
只为把昨天的一幕看得更仔细

这是我们至亲至爱的土地
在阳光灿烂、秋菊盛开的季节
愿我的诗行,化作鸽哨的羽翼
寄语对昨天已感到陌生的年轻朋友
为了让你们的未来更加美好
请读懂诗人对土地常含热泪的含义……

2017年8月1日

黎明，我们出发……
——为纪念中国人民抗日战争和世界
反法西斯战争胜利七十周年大阅兵而歌

黎明，我们出发……
去接受祖国的检阅。
9月3日，北京的初秋，
一道风光吸引全世界——
我三军威武之师，
为纪念抗战胜利七十周年，
在天安门广场集结。
重温1945年的今日
那普天同庆的一幕，
我们怎不心潮逐浪，
壮怀激烈！

黎明，我们出发……
走进历史辉煌的一页。
9月3日，中国的节日，
七十年前乾坤改写。
不可一世的日寇，
终于向正义缴械；

以无条件投降的惨败,
终止了可耻的侵略。
回望那举国若狂的欢腾,
我们怎不泪飞如雨,
纵情欢跃!

为了这一天,
我们英勇的先辈,
度过最艰难的岁月。
于烽火里磨砺了意志,
在烈焰中炼成了钢铁,
高举起统一战线旗帜,
为国家命运甘洒满腔热血。
各民族紧紧抱成一团,
与侵略者展开殊死的对决。
在艰辛卓绝的持久战中
诞生了多少英雄豪杰!

为了这一天,
中国共产党率领革命武装,
穿过最黑暗的长夜。
为拯救中华民族的危亡,
冲杀在反法西斯的最前列,
毛泽东思想指点江山,

掀起人民战争的怒潮,
直捣盗寇盘踞的巢穴,
正规军八方出击,
游击队四面埋伏,
冲锋陷阵,连连告捷……

为了这一天,
多少同胞倒在血泊中,
多少美丽家园,
被铁蹄践踏得破碎残缺。
大扫荡兽欲横行,
大屠杀人性灭绝,
"731"活杀中国人,
"慰安妇"身心遭浩劫……
公正的历史,
见证了日寇侵华,
那罪恶昭彰的一切!

黎明,我们出发……
去接受人民的检阅。
这一天,在我们心中永远刻写。
不管战败国的某些遗少,
如何篡改历史,
疯狂地背信弃约,

中华民族的伟大胜利，
日本皇军的惨败，
早已牢牢定格在世界，
谁也无法把这部纪录片，
再重新进行剪接！

黎明，我们出发……
耳畔回响现实的告诫：
战争幽灵，仍接受香火的供奉，
时而徘徊、踯躅，
妄图死灰复燃，
重新奏响军国主义的鼓乐。
警惕啊，警惕
在和平发展的蓝天下，
奋飞的和平鸽羽翼，
正面临雷电的突袭，
暗枪的威胁！

黎明，我们出发……
肩负神圣的使命，
胸怀战士的豪情，
脚踏新时代旋律，
迈步在铺满阳光的长街。
我们来了，向世界宣告：

我们的武力足以扶正压邪；
我们来了，请祖国放心，
我们的本色依旧芳华摇曳。
仍是人民忠诚的子弟兵，
为捍卫世界和平而常备不懈。

黎明，我们出发，
士气随朝阳一同蓬勃，
心境如云霞一般和谐。
我们醉心于中国梦，
干的是为理想护航的大业。
为和平无惧于战争挑衅；
求发展决不向霸权妥协。
在前进中尽显大国风范，
愿做推动地球良性运转的齿轮，
与一切志同道合的人类，
完成心灵契合的美好对接。

黎明，我们出发！
军威雄壮，军歌嘹亮，
军徽闪闪，军旗猎猎。
一个方阵，一片国土；
一支队列，一扇国门，
英姿勃发的三军将士，

托举起伟大中华民族——
广阔的领空,浩瀚的领海,
无边的山川原野,
一个浓缩的中国,
正含笑面对风云多变的世界!

黎明,我们出发……

2015年9月初稿
2019年2月改定

点燃太阳的火炬
　　——献给建军九十周年，再唱长征

1

今天，我又一次翻阅历史。
在文字的山脉和江河中，
去寻找那支点燃太阳的火炬；
再次感受——
它的光芒和热能。

今天，我又一次贴近地图。
从稠密如网络的图形里，
去寻找那段惊天动地的征程；
反复掂量——
它的伟大和神圣。

啊，长征！
当我写下这两个大字，
仿佛是在汉白玉石碑上，
雕刻出——
一组顶天立地的群像，

一杆叱咤风云的旗帜,
一轮撕破黑暗的朝暾。

啊,长征!
当我诵读这两个大字,
就如同向普天下探求者,
诠释了——
什么是不灭的信念,
什么是不死的精神,
什么是不朽的国魂。

2

中国工农红军,
诞生于长夜漫漫,
崛起于烽烟滚滚,
壮大于野火春风,
辉煌于众志成城。
拖不垮的革命武装,
打不烂的战斗铁阵!

他们,还有她们——
从被压榨的土地走来,
从被吸血的工厂走来,

从牢笼般的人生走来,
佃农、劳工、奴婢、
教师、学子、将军……
为共同的信仰奋起抗争!

物质贫困,却精神富足;
武器落后,却胆略超人;
铁锤镰刀开路,梭镖鸟铳立本,
一颗丹心,一团烈焰,
一个将士,一支火炬,
昼引日光,夜点星辰。

他们以红为原色,
红旗、红星、红缨……
红色政权掌乾坤。
根据地处处唱红歌,
大红喜报贴满门:
革命跟定共产党,
当兵就要当红军。

3

辛亥革命终结皇权,
三民主义却难成真。

泱泱华夏何去何从?
国共两党,殊途各奔;
蒋家王朝的独裁梦,
将中山先生的遗愿,
在熊熊战火中化为烟云!

谁能阻挡倒行逆施?
唯我中国工农红军!
蒋介石号令布罗网,
血雨腥风欲斩草除根。
十倍重兵倾巢出动,
红军百战遭围困,
逼出了英雄盖世的长征!

全副武装,日行百里,
晨昏颠倒,乱敌方寸。
为对付疯狂的围追堵截,
每隔三日,都有鏖战发生:
十面埋伏的奇袭,
短兵相接的白刃……

千军万马一路潜行,
辗转腾挪十五省;
千山万水一往无前,

铁脚板踏出民族魂。
这划时代的壮举,
注定了中国的自强之路,
只能在铁锤镰刀的旗帜下延伸。

4

敌军追踪草鞋的履痕,
常惊骇红军有保护神,
竟无数次绝处逢生!
金沙江急流破船争渡,
铁索桥勇士蹈火陷阵,
过草地如同闯魔窟,
翻雪山恰似越天门……
严寒中的野地露宿,
饥饿中的飞速行军,
20多座山脉逞威,
30多条江河折腾,
紧追不舍的狂轰滥炸,
两万五千里黑云压顶,
每300米,就有一名将士牺牲。

饱尝如此艰辛的,
有运筹帷幄的将领,

有稚气未脱的娃娃兵,
有秀外慧中的巾帼兵,
有患难与共的夫妻兵,
有同一片故土的众乡亲……
一支队伍就是一个大家庭。

在吴起胜利会师后点名,
数以万计的阵亡者,
已化为长征铺路的土尘。
活着的战友代替他们,
分享了双倍的喜庆和欢腾。
替他们泪奔,替他们笑,替他们喊:
长征万岁!革命必胜!红军必胜!

5

走出长征的人民武装,
从此改变了中国的命运。
于日寇铁蹄下夺回河山,
在解放战争中赢得和平,
将五星红旗插上天安门。
经受了风雷激荡的考验,
迎来改革开放的亮丽转身。

但是,长征并没有终点,
前路迢迢,中国仍须发奋。
急需现代化引擎驱动的,
不仅是物质,还有精神。
用草鞋踏出的长征脚印,
正是盛开的精神之花,
弥漫着思想与人格的芳芬。

对那惊天地泣鬼神的一幕,
某些国人已感到陌生。
甚至不屑回望和思忖:
是谁用高贵的头颅,
撞开了通向今天的凯旋门?
有人漠视铁铸的史实,
却热衷于虚妄的谬论。

是红军以夸父追日的坚毅,
用火炬点燃失落的太阳,
将温暖迎回无数桑梓家园,
才有了越做越美的中国梦。
长征的伟大胜利,
既属于前辈,也属于后生,
是一盏照耀人生的长明灯!

6

对那扭乾坤挽狂澜的一幕,
世界千年史肃然公认:
中国的火药发明和长征,
是推动人类文明的巨轮。
长征的伟大胜利,
既属于中国,也属于世界
是值得举世瞻仰的星辰!

我们纪念长征,不仅是
延续祖传的缅怀与感恩,
或是到红军走过的地方,
去回味和咀嚼艰难的历程。
其实长征路就在我们脚下,
我们每迈出坚定的一步,
都会踏响历史的悠远回声。

山丹丹如今到处盛开,
锦绣大地遍布红军的子孙。
一颗心,一团跳动的烈焰,
一个人,一支燃烧的火炬,
白昼的阳光辉映我们,
夜晚的星光沐浴我们,

未来的辉煌呼唤我们。

分享昨日的光荣,
肩负明天的重任。
红军故事渗透心脉,
长征精神永不断根。
练一身钢筋铁骨迈向前方,
抬望眼——
没有什么草地,不能穿越,
没有什么雪山,不可攀登!

2017年8月

听老红军说长征(组诗)

20世纪60年代,我在空军某航空兵师服役,曾被抽调到军部文艺宣传队任创作员。在巡回慰问演出期间,有幸结识了"老红军宣传站"的几位退休首长,常听他们深入部队讲长征的故事……

开场白:把晚霞编织成朝霞

几位退休的军首长
一身戎装仍不舍脱下
只是头顶的红星衣领上的红旗
从此移到了心窝窝里——
支撑着钢铁炼成的骨架

不在干休所颐养天年
偏偏到崇山峻岭安家
沿着云雾缭绕的天路
举着胸中那支跳动的火炬
走遍星罗棋布的边防哨卡

老红军宣传站的旗帜

放歌新时代——一个退役老兵的家国情怀

飘扬在大兴安岭一座山崖
几双挥大刀握枪杆的手
在这里清理荒秽,植树种菜
精心打点已近黄昏的年华

感叹不能再冲锋陷阵
遗憾无力再扬鞭跃马
但信仰和理想却青春长在
夕阳无限好——
何不把晚霞编织成朝霞

翻开尘封的军旅日记
寻找当年长征的史话
重启沉重的记忆之门
告诉年轻的一代——
该怎样接受人生的磨炼和摔打

于是,在军号回荡的峰峦
在枕戈待旦的北国边塞
就有了他们年老的潇洒
点燃一支烟,开口一声"同志哥"
眼中便忍不住涌出了泪花花……

七条破船渡数万兵马

这绝对是世界军事史上
不可思议的一大奇迹——
中央红军的数万人马
仅靠七条破船巧渡天险
居然未掉下一人一骑

悬崖陡峭，江流湍急
围剿的敌军四面出击
七条破船，七天七夜
来回穿梭，一鼓作气
金沙江见证了红军的威力

三大渡口被封锁了两个
只剩一道突围的缝隙
七条木船搭起活的桥梁
连战马也尾随部队泅渡
共同经受着生死存亡的洗礼

前有阻截，后有追兵
七条破船仿佛被注入神力
红军乱了敌人的方寸
白昼，两岸呐喊响彻云天

夜晚，一江火光辉映绝壁

一次次惊涛拍打船身
一次次急流喷涌舱底
一次次排水，一次次堵漏
船，没有颠覆，人，岿然屹立
硬是完成了千军万马的转移

这场面哪像你死我活的对垒
简直是端午节的龙舟竞技
蒋介石的博弈下错了棋子
撒下天罗地网却一无所获
他的车马炮迷失了南北东西

老红军笑称：这七条破船
真像是咱红军的同志兄弟
一样的衣衫褴褛却精神富丽
一样的钢筋铁骨经得起冲撞
一样的勇往直前所向披靡

"金沙水拍云崖暖"
毛泽东渡江后来了诗意
皎平渡口，从此流传许多故事
虽然这只是长征的一个插曲

却时时激活老红军悠远的回忆……

飞夺泸定桥

说长征,不能不说大渡河
22个年轻的勇士
如22只展翅的雄鹰
在13根赤条条的铁索上
舍生忘死,赴汤蹈火

敌人撤去所有的桥板
龟缩在桥头堡疯狂扫射
有种的你们就飞过来
弹雨中夹杂声声狼嚎
歇斯底里外加几分自得

飞过去,有何不可
纵然是死亡之路,红军照样通过
但闻杀声骤起,冲锋号震荡峡谷
悬空的泸定桥开始剧烈摇晃
22勇士演绎了伟大的一幕——

我军的火力旋风般卷向对岸
22个血肉之躯扑向敌人的炮火

全副武装,行进如霹雳
在摇摆的铁索上闪展腾挪
再现了盖世的胆略和气魄

飞!在长天之下,深渊之上
飞!在硝烟之中,激战之壑
飞翔的不仅是勇士的身躯
还有红军的铁锤镰刀赤旗
那点燃崇高信仰的灵魂之火

勇士冲过敌人焚烧桥板的烈焰
将顽抗的桥头堡一举击破
后续部队迅速铺好桥面
迎接红军兵马浩浩荡荡过河
毛泽东手扶铁索心潮扬波——

72年前太平军在安顺场强渡,
石达开惨遭围剿全军覆没。
今日红军同样被一路追杀,
命运却在自己手中牢牢掌握,
只因有特殊材料铸造的特殊人格。

"大渡桥横铁索寒"
毛泽东却感到心头阵阵发热

目睹被烧焦眉发的可爱勇士
耳闻队伍的集结号、胜利歌
微笑着，开始对新的征程运筹帷幄……

担架与铜锅

夹金山是藏民心中的神山
是大自然给红军设置的一道巨坎
过雪山的动人故事多得说不完
我们只说说那担架，那铜锅
就足见红军的队伍品格非凡

夹金山隐患重重，步步险情
夹金山终年积雪，高不可攀
气候喜怒无常，风云反复变幻
缺氧和寒冷，考验红军的生命极限
饥饿与伤病，威胁红军的离合聚散

一个躯体在挣扎中倒下了
翻滚着跌下万丈深渊
一个团队在爬行中落伍了
呜咽的冲锋号声，仍不断传令
坚持啊！同志们，胜利在召唤

在雪山征途上牺牲最多的
就是担架队和炊事班
举着担架的手在风雪中哆嗦
呼吸困难，还不忘激励战友
同志哥，咬紧牙，挺过这一关

一双手松脱，另一双手伸来
又一双手松脱，再一双手接班
担架上发出痛心的哭喊：
快放下我们吧！闭眼前
定要看着咱们的队伍翻过雪山

可是，没有哪双手从担架上移开
用生命托举生命，宁可累瘫
也决不抛下一个伤员
雪山上那磨刀似的艰难移步
一声，一声，令魔鬼抖颤

炊事班长从瑞金出发时
背负一口大铜锅，挺直了腰杆
一路急行军，一路转战
几十斤的铜锅不知吸去他多少汗
连长严令轻装，班长不断装蒜

这口铜锅不知喂养了多少将士
功勋赫赫,堪称后勤模范
班长有时还把它当作乐器
敲打几声,哼出戏文一串
常常亲昵地叫一声:嘿!老伙伴

当他背着铜锅翻雪山
又一道强令,惹得他泪花闪闪
左思右想,还是不舍分离
咬紧牙与大风雪周旋
铜锅也渐渐成了一座移动的山

临近山顶的时刻他忽然觉得
脚步轻盈,如踩踏棉花团
背上的铜锅不知怎么变成一对翅膀
使他的躯体和灵魂都飞转起来
天地之间,迅速滚动着一团泥丸

炊事班长从战友的视野中消失了
有人听见了铜锅与岩石碰撞的巨响
当队伍翻过雪山集合点名时
 担架一副都不少,缺少了铜锅
增加了一串在雪山长眠的勇士名单

过松潘草地

老红军们记忆最深的是草地
一张嘴说,几张嘴争着补充
有时竟为一个细节孩子般扯皮
说到伤感处,甚至会失声痛哭
昂首望天,呼唤死去的兄弟

在今日的和平阳光照耀下
松潘草地其实别有一番魅力
当年他们走过的时候
却像走进了魔鬼横行的地狱
步步惊心,生死常常决定于瞬息

一望无际的草地有的是水
但处处隐藏着断肠的毒剂
草丛间有的是诱人的野蔬
但时时散发出夺命的妖气
水不能解渴,食物不能充饥

虽然在毛尔盖征集过粮草
分给千军万马,只是沧海一滴
忍着饥饿跋涉于沼泽之间
稍不留神,就会遭污泥活埋

越是挣扎,就越是深不见底

白昼的草地酷热如蒸笼
夜晚却像走进了冰窟里
寒风飕飕,冷雨簌簌
宿营的战士奉命抱团取暖
天明都成了雕塑,没有了呼吸……

单薄衣衫裹着钢铁躯体
一路掩埋战友,一路踩出生机
连病魔也赶来纠缠不休
拖垮了好几个掌舵的指挥员
考验着红军的无畏和坚毅

一小块宰杀战马的肉干
紧紧攥在小号手的拳头里
这是对重病号的特殊待遇
他舍不得吃,郑重地交给首长
请收下,为了长征的胜利

身患重疾的小号手啊
吹出了他生命的最后一口气
嗒嗒嘀嗒……十五岁的红军娃
临死,还牢牢抓着——

那召唤过千军万马的武器

首长哭了,战友们哭了
一只飞过的鸟儿也在悲啼
是谁领头唱起了《国际歌》
为草地上的队伍点燃满腔豪气
一步步踏响了惊天动地的霹雳

过草地是万里长征最艰难的路程
牺牲的将士,数以万计
每一个生命倒下去
就完成了一次壮丽的前赴后继
这样的军队试看天下谁能敌

尾声

老红军说长征就像唱军歌
动人的旋律经得起岁月的打磨
当我这个听歌的也成了老人
仍然难忘那用草鞋踏响的节拍
亲切的回声总是激荡在心窝

如今这几位首长已经离世
音容笑貌却常在我的记忆里复活

他们说过的故事移植在我的心田
我有责任借诗歌之鸟播撒种子
让长征精神长出更多的青松翠柏

其实长征路仍在不断向前铺展
设置再多的障碍也奈何不得
中国要前进,就必须接过长征的旗帜
时代要发展,就必须继承长征的胆魄
告别小我的狭窄,走向大我的壮阔

2017年8-9月

红军舅舅

迢迢两万五千里长征路,
留下过我最熟悉的足迹——
那是草鞋踩出的生命之花,
那是鲜血写下的红色记忆,
那是我敬爱的红军舅舅,
深藏心底的一柄玉雕如意。

舅舅年轻的时候长得很帅,
外公曾带他到上海学生意,
他却悄悄摸到了江西老区,
正赶上红军队伍的兵员征集。
从此,他接过焚烧黑暗的火炬,
加入了点燃太阳的长途奔袭。

他有点文化,被安排在营长身边,
他非常聪明,学会了一身绝技。
从他的枪口射出的一颗子弹,
常常能把两个敌人同时击毙。
在惨烈的反围剿战斗中,
一颗炸弹将他轰倒在血泊里……

从不流泪的营长为他流了泪,
昏迷数日后,他却睁开了眼皮。
笑称刚从阎罗的鼻子下逃脱,
营长激动得将医生一把抱起,
摔碎了人家一副珍贵的眼镜,
还挨了团领导们的一顿狠批。

伤愈后跛着一只脚踏上长征路,
我的红军舅舅,续写着生命传奇。
铁索桥上他穿越烈火腾飞,
横断山中他嚼着树叶充饥,
湿地里屡屡陷身又被拔起,
天地间重重堵截寸步难移……

有多少战友在突围中牺牲,
有多少人马在征途上消匿,
但与黑暗抗争的火炬不灭,
但与邪恶拼杀的意志不弃,
在腥风血雨中一路挺进的,
是闪耀着铁锤镰刀的红军旗!

跛着一只脚的红军舅舅啊,
硬是走到了大会师的胜利,

喜庆锣鼓伴奏的跛脚舞啊，
别有一番耐人寻味的魅力。
他的故事感动了一颗芳心，
在延安赢得了爱情的甜蜜。

中国发生的这次伟大长征，
令全球惊叹，连呼不可思议！
正是这不可思议的人类壮举，
使人民子弟兵从此所向披靡——
抗日战争击溃了疯狂的敌寇，
解放战争赢得了辉煌的胜利。

舅舅转业回老家当了县官，
为我的儿童时代增添了诗意：
他跛着脚教我操练军人步伐，
教我唱军歌，教我行军礼，
他最喜欢讲长征的故事，
他讲得生动，我听得着迷。

他说自己死了好几回又活过来，
更觉得对生命应该加倍珍惜。
他说我们走出前无古人的长征，
后有来者的长征路靠你们开辟。
通往共产主义的前程很遥远，

还要准备多走几回两万五千里!

……在和平年代的大动乱岁月,
他却受尽了侮辱和折磨,
因为拒绝在批斗中下跪,
又被造反派打断了一只手臂。
他曾经到上海来看望我们,
却在归途中跃入长江寻求安息……

啊,我敬爱的红军舅舅,
纪念长征,我怎能不思念你!
你和无数革命先驱踩出的路,
又留下一代代新人的足迹。
他们也许不从井冈山出发,
但前进步伐却跟定了五星红旗。

五颗金星,是你们的火炬点亮,
一片鲜红,是你们的热血凝集,
世界上没有任何一面旗帜,
有我们与五星红旗这样的亲昵。
举起来,就是拥抱我们的天空,
铺展开,就是爱抚我们的大地。

从万里长征久经烽烟的战旗,

到锦绣江山辉耀日月的国旗,
我们的锦绣江山,幸福家园,
都是在红色革命洪流上奠基,
而长征,就是一块巨大的丰碑,
铭刻着中华民族精神的全部含义。

我的舅舅,虽然步屈原的后尘,
但长江比汨罗江更深不见底。
它的目标是浩渺无际的沧海,
能倾听整个地球的脉动和呼吸。
一个老红军最满意的归属,
莫过于祖国在举世瞩目中傲然屹立!

感谢舅舅,让我从小就记住了长征,
这是对我走向人生的最大激励。
有了长征精神,就有了灵魂支柱,
有了长征精神,就有了奋斗命题,
只要让崇高信仰充满空洞的躯壳,
从甜酸苦辣中都能收获一份美丽。

我的人生并非一马平川的履历,
于曲曲弯弯之中,增加了许多寻觅。
寻觅正义,寻觅真理,寻觅诚信,
寻觅脑海沉船中的那些撒落的珠玑。

在寻觅中耳边常回响舅舅的声音：
像长征那样，让一切困难向我们屈膝！

我真的翻过了不是雪山的雪山，
我硬是穿过了不是草地的草地，
我再次踏上了现实中的长征，
把一切障碍都视为蚍蜉和蝼蚁。
我胜利了，学着当年舅舅在延安欢庆，
只不过，他舞的是腿，我挥的是笔。

谁说我敬爱的红军舅舅已经远去？
我的诗行中分明有他当年的鼻息。
他的故事在我的记忆中纷纷复活，
他的音容在我的回溯中渐渐清晰，
他的身影在我的思念中越来越近，
他的脚步在我的展望中越走越急……

2017年10月

我是一个兵（组诗）

爱唱兵之歌

第一次学唱这支歌时
我是个航校学员
目光飘忽不定军装也不合身
在太阳的严厉注视下
走着，走着，便挺直了脊梁
奏响脚踏祖国大地的铿锵

第一百次高唱这支歌时
我已是铁杆老兵
双手高擎旗帜心中填满责任
在月亮的温馨怀抱里
唱着，唱着，就迸发出肝胆
迈过了
肩负民族希望的军旅征程

打胜仗靠什么

打胜仗靠什么？

走过长征的老军长说
靠信念和意志
经历过解放战争的师长说
靠真理和民心
从朝鲜阵地凯旋的团长说
靠正义和自信……

核弹固然有可怕的威力
但引爆者若是邪恶之徒
必有自取灭亡的报应
我们的领袖曾经笑着说
原子弹是纸老虎
主宰不了战争的输赢

这话我坚信，因为
飘扬了九十个春秋的八一军旗
已经向全世界
提交了最有说服力的证明

不能无血性

当兵的人，不能没有血性
不能不瞻仰于血性中崛起的英雄
为崇高的信仰而出生入死

将每一滴血洒在通向胜利的路径
董存瑞在黑夜点燃的爆破
迎来人民共和国的黎明
黄继光扑向敌人的枪口
为正义的冲锋献出生命……

有人却造谣：这都是假的
只有贪生怕死才是真人性
他们妄图为历史整容
欺骗那些是非难辨的弱视眼睛
我以诗人的愤怒心火
焚烧颠倒世界的鬼魅之影
并邀请满天星斗做证
照亮每个英雄的在天之灵

心中有英雄的兵才是真正的兵
承担了最神圣的使命
将军曾经都是士兵
等待为祖国赴汤蹈火的号令

备战进行曲

从南昌射穿压城黑云的
第一颗子弹　到万里长征

无数次出生入死的突围
从抗日持久战
腥风血雨的十四年厮拼
到三大战役势如破竹
人民的意志化作五星红旗
一支磨炼了九十年的雄师
向全世界演绎了——
壮心之固正义之威锋芒之锐

从古老的梭镖大刀
到最现代的火箭导弹
从打江山的小米步枪
到镇守国门的航母编队
从米格15击落美国王牌
到舰载机群的长空对垒
从烽火中的电话线
到卫星的侦察和指挥……
一支锻打了九十年的铁军
向人类展示了——
无敌之志无畏之勇无私之美

从战争到和平发展
越是和平,军人的警惕越该加倍
从和平到战争准备

越是动荡，军人的镇定越是珍贵
坦荡地强国，从容地强军
在进行曲的旋律中
美美地做中国梦
扎实地圆强军梦
这是中国军人的胆略
也是中国军人的智慧
理想，这"未来号"的火箭动力
将满载中国军人的光荣
一往无前，展翅高飞

2017年6月28日

遥寄远方

虽然,如今时兴叫"老公"
可我还是喜欢称呼你"爱人"
这才是一个妻子的心声

虽然,现在走红用电脑
可我还是选择手写的信笺
纸上布满思念的热吻

我知道,即便是特快专递
这封信要送达国门
那冰天雪地的高原哨卡
也要多花费几个晨昏

但我的心等得起
做军嫂的女人
有哪一个
没有磨炼出几分坚韧

等到那一天
当爱人完成神圣的使命

跋涉着回营房
颤颤地呼唤家园

等到那一刻
微弱的信号断续传来
如同梦呓一般
祝福美好的新春

我知道那瞬间
你只能匆匆道一声吉祥
因为周围列队的战友
正簇拥在同一个时辰

此刻，我早发的信
也许已走完漫长的里程
悄悄躲到房里去读吧
就像欣赏你最喜爱的诗文

千万别兴奋得当众去显摆
信里每个字只属于我们
我不忍让那些思亲的丈夫
都听出一串串沉甸甸的泪痕……

2018年2月9日

老兵心语(组诗)

我曾经是一名军人

我曾经是一名军人

上绿下蓝的戎装
一半是大地
一半是天空和海洋
合起来就是我要保卫的祖国
——军人的神圣使命

我高昂的头顶辉映过八一军徽
也闪耀过闪闪的红星
我坦荡的胸怀容得下千山万水
也容得下旋转的地球
——军人的特殊秉性

我曾经是一名军人

我的岗位:北疆山区机场
我的职责:为战鹰梳理羽翎

让它每一秒钟都保持起飞的机警
无论白昼还是黑夜
耳朵时刻在倾听军令

我把江南养育的美丽青春
随汗水一起播撒在北国兵营
我把乡亲父老的郑重嘱托
凝入了在风雪中逡巡的脚印
眼睛不放过一丝敌情

我曾经是一名军人

我热爱来自五湖四海的大家庭
跟走过长征的政委促膝谈心
与威震长空的师长并肩合影
感受不尽英雄部队的光荣
享用不完革命传统的滋润

抗美援朝击落王牌敌机
东南沿海粉碎飞贼入侵
捷报传递着我们的军威
实战磨炼出我们的自信
嘹亮的军歌唱出满腔豪情

我曾经是一名军人

我一次又一次
在飘扬的军旗下重温历史
追寻军人的本色和血性
从南昌起义破晓的枪声
到长征火炬点燃的黎明

从十四年与日寇殊死搏杀
到中华人民共和国成立前夜
与黑暗势力的厮拼
从捍卫领土主权的自卫反击
到维护世界和平迈出国境……
九十多个春秋从辉煌走向年轻

我永远是一名军人

虽已鬓发染霜,身沐斜阳
胸膛里仍跳动着一颗壮心
军人的精神不会衰老
军旗的颜色如同满腔热血
依然明亮似火,活力充盈

我寄语每一个战友

让军旗永远飘扬国旗的尊严
让世代传承的民族风骨
支撑忠诚而纯粹的灵魂,
在前进中赢得人民的信赖和致敬

因为……
——写在建军节的老兵聚会上

因为流血,才想起伤痛:
"四一二"的罪恶屠刀,
留下了满地热腾腾的鲜红,
化作军旗,呼啦啦举向苍穹!

因为军旗,才有了阵容:
南昌城起义的枪声,
开创了武装斗争新纪元,
革命军队,雄赳赳陷阵冲锋。

因为军队,才走向成功:
万里长征的壮举,
磨炼出顶天立地的好汉,
忠于人民,子弟兵大智大勇。

因为人民,才赢得殊荣:

十四年的持久抗战,
粉碎了法西斯恶魔的铁蹄,
三年解放,新中国岁月峥嵘。

因为解放,更道远任重:
九十一年的千锤百炼,
耸立起所向无敌的军威,
笑傲寰宇,风萧萧岿然不动!

我心中的战争与和平

我心中的战争,
正如一位伟人对死亡的诠释:
有时重于泰山,
有时轻若鸿毛。

重,是当战争来临时,
祖国的万水千山,
仿佛都压上肩头——
我镇守的边防前哨;

轻,是当战争远离时,
所有的烽烟炮火,
仿佛都化作遐思——

我美丽家园的晨炊缭绕。

我的一只耳朵时刻在凝听
——战争的集结号；
另一只耳朵却不断在享受
——和平的咏叹调。

我为抗击战争准备了
与生命同等品位的崇高；
我为保卫和平倾注了
与时间一样贵重的辛劳。

以和平之盾，对战争之矛，
我有使一切锋芒卷刃的特殊材料；
那就是我内心深处的中国精神，
活力无限，永远不会衰老！

2018年8月

为中国军人塑像(组诗)

不改的本色

只要穿上军装
在军旗下接过神圣使命
不改的本色
就渗透了周身的脉管

肩上的枪杆
是武器也是扁担
一头系着人民的安危
一头挑着国家的主权

头顶的军徽
是火炬也是光环
为巡逻的脚步照明
给出征的队伍指南

军人每一滴血总是热的
一颗忠诚的报国心
一腔浓浓的赤子情

一身无敌的英雄胆

不倒的长城

经过九十一年千锤百炼
一座血肉筑起的伟大长城
岿然耸立于浩浩神州
广阔的陆海空之间
久经硝烟风雨雷电
造就了——
举世无双的人民武装
所向披靡的护国利剑

跨过九十一年铁马征途
一座精神垒起的伟大长城
昂首挺进在泱泱华夏
广阔的地平线前沿
捍卫和平发展真理
担负着——
呵护自然的寰球信使
造福人类的世界中坚

面对变幻的乱云飞渡
时刻绷紧出征的心弦

从甲午沉船的浪底
打捞起赤诚的民族血性
于破碎的钢铁废墟中
冶炼出强军的沧桑巨变
踏响的,是人民的心弦
举起的,是国家的尊严

不老的军魂

一个走过长征的老兵
与八一军旗同年
满头鹤发,满面红云
声若洪钟,踏步如箭
有谁知,他的身上还残留着
那些战争岁月的弹片

那些钢铁的渣子
与血肉紧紧相连
每当阴雨绵绵的时节
就会忍受疼痛的熬煎
让它们留着吧,他说
我们和平共处了许多年

无数次疆场的厮杀

殊死较量中命悬一线
他对疼痛已感到麻木
就像看惯了惨烈的画面
而伤疤引起的疼痛
却有着别样的体验

像是有一双无形的手
在拍打穿透肌肤的弹片
于是流血的记忆又被激活
耳畔骤然吹响了冲锋号
疼痛消失在胜利到来的瞬间
为正义而战，回味只有甘甜

他说：我留着这些弹片
绝不是对战争的眷恋
而是存一份鲜活的证言
为了让子孙后代多享受和平
就要让军魂永葆青春
随时准备扑灭战火的蔓延

2019年8月

曾经与永恒
——建军九十一周年抒怀

挺起胸膛，放声高唱军歌
激情点燃了我炽热的心火
那铿锵的旋律多么亲切
军旗下前进着老兵的胆魄

感谢先辈无数次冲锋陷阵
以信仰为准星将漫天黑云击落
难忘前驱无数次出生入死
以邪恶为靶标打出人民的中国

沿着红军用草鞋踩出的征途
我曾经担负战士的神圣职责
用青春年华编织镇守国门的罗网
在革命熔炉锻打出一身钢铁骨骼

曾经驰骋风云变幻的长空
与战友并肩痛击入侵的飞贼
曾经跋涉冰雪覆盖的前哨
捕捉敌情迎来了凯旋的时刻

曾经当面倾听雷锋的心声
理解了什么是共产主义道德
曾经投身抗洪救灾的壮举
悟透了什么是人民军队本色

自投笔从戎，到解甲归乡
我上完了人生最宝贵的一课
军旗啊，仍久久飘扬在记忆里
所有的曾经，都在血脉里永恒定格

从小米加步枪到火箭雄师
从渡江的帆船到今日的航母
从我的歼-6到今日的歼-20
人民解放军一路向前，攻无不克

我们虽然也拥有核弹的威慑
那只是遏制战争铁蹄撒野的绳索
我们更拥有举世无双的大国风范
以强大军威捍卫和平发展和建设

我谨以一个退伍老兵的名义
为军旗九十一年的辉煌历程庆贺
愿每个军人都以旗杆为脊梁

闪烁头顶的信仰之星决不松脱

我将百倍珍惜曾经的军旅生涯
以忠诚于祖国为生命的底座
军人的信仰是暴风雨中的海燕
向胜利飞翔的意志永远颠扑不破

2018年8月1日初稿
2019年4月12日改定

中国女兵（组诗）

女飞行员

"起落""航法""拦截"……
一个戎装淑女
在航校迈过登天的台阶
兴冲冲来到部队
开始了实战演练的情节

叱咤风云的气象穿越
斗智斗勇的短兵对决
争分夺秒的空域援救
突破重围的危机化解……

当兵的，就要准备打仗
从曙色初露，直练到残阳如血
每次返航走下机舱的刹那
总有被大地亲吻的微妙感觉

这时若抢拍下她的英姿
定会美得令人叫绝

捍卫祖国领空的女神啊
最是那在天地间的回眸一瞥

女特种兵

一阵杀声出口
惊起草屑、宿鸟、尘埃
一套闪展腾挪
引来掌声、笑语、喝彩

魔鬼训练造就的魔鬼身材
尽显中华巾帼亮丽风采
出手,就有泰山压顶之势
穆桂英的气质,花木兰的襟怀

锦绣山水滋养的女儿家
摸爬滚打练就的栋梁材
于柔美中透出的刚性锋芒
令人生畏,更令人生爱

十八般武艺无所不精
三百六十五天严阵以待
 人人都是铁弓上的弦上箭
个个擅长球场上的短平快

敢上刀山，敢下火海
深山闯虎穴，密林擒魔怪
一身迷彩藏肝胆和锦囊
一颗丹心凝大气和大爱

闲暇时也会做些针线活
缝几条飘向梦乡的红丝带
哼几句各自钟情的小曲
彼此间说说昨天，聊聊未来……

女军医

十个住院的小伙子
九个都爱缠着与她聊天
她并不嫌烦，总是来者不拒
绽开一朵花儿般的笑脸
据说，她是军医大的高才生
年纪不大，资历却不浅

她曾经去过高原
在边防哨所救活过
被雪崩掩埋的藏族少年
后来这少年参了军

将对她的感恩写进了誓言

她曾经进入潜艇
经历了在深海巡逻的风险
第一次对昏迷的士兵
嘴贴着嘴做人工呼吸
积累了实战救助的临场经验

她曾经有机会出国深造
临行却选择了去边防医院
是一位外科专家的敬业精神
吸引她跟随到医护前沿
在手术台收获了最宝贵的实践

她姓梅,小伙子们爱唱《红梅赞》
她也爱听,说梅是她的灵魂
有人问:如果发生战争
你敢不敢背上药箱上前线
她却反问:你呢

回答:我是军人,为祖国冲锋陷阵
是我的神圣职责、光荣和尊严
她抢白:难道我不是军人吗
我穿着军装,戴着军衔

集结号吹响时,一切的一切
都可以奉献!都必须奉献!

女通信兵

如今的通信越来越先进
在电脑中筑阵,于网络中练兵
少不了心灵手巧的女性
别看都是些刚出校门的小丫
她们的纤纤细指一拨弄
就能呼唤九天风云,万钧雷霆

平时那些爱说爱笑爱闹的
一进入岗位就格外镇静
此刻,跳荡的心就是总枢纽
电流里流淌着她们传输的指令
眼神专注得如同雕塑
挺直脊梁更凸显曲线的神韵

没有了密室嘀嘀嗒嗒的旋律
没有了战地冒死接线的画屏
现代化正改变着战争面目
胜败往往就取决于转瞬之间
一条信息便足以征服豺狼的野性

没有枪炮却拥有强大火力
不用搏杀却始终保持前行
朝苍茫的大海撒下罗网
在高远的天空留下脚印

她们的声音很美，也很甜
精确的母语比莺啼燕啭更动听
她们是军营里盛开的鲜花
她们是军旗上闪烁的星光
她们是——
新长征中不可或缺的倩影……

2019年8月

从湘西到南昌(组诗)
——缅怀贺龙元帅

走近贺龙

情迷张家界
于不断的攀登中
想起贺龙
两把菜刀闹革命
一生传奇写忠勇
十大元帅
我特敬贺老总

见证他投身革命的张家界
山,为他立传
水,为他摆功
那潺潺溪流
曾濯洗他杀敌的刀锋
出生入死,戎马倥偬
自桑植出发
脚板吻遍湘西故土
转战华夏东西南北中

情迷张家界
于奋力的跋涉中
缅怀贺龙
一身肝胆荐轩辕
手舞长缨缚苍龙
开国将广
我偏爱贺老总

铭记他无数伟绩的张家界
水，为他歌咏
山，为他峥嵘
那些神奇的石头
曾磨砺他钢铁的信仰
虚怀若谷，久经罡风
自桑植起步
豪气弥漫天涯海角
乱云飞渡仍从容

情迷张家界
于执着的探寻中
走近贺龙
一路驱车奔桑植
满腔热血心头涌

那生动的胡子和烟斗
总在我眼前颤动

瞻仰了他诞生的祖屋
情,为之倾泻
诗,为之吟诵
那简朴的平民之家
竟造就顶天立地的英雄
不虚此行,深深感动
多谢张家界
让我在大美山水的陶冶之下
走近贺龙,走近贺龙……

流连桑植

司机同志
请不要鸣笛催促
让我在这桑植大地
再多多流连几步
让我在贺老总的故乡
探寻他当年的足迹
是那一丛丛
迎风盛开的山花
还是那一片片

绿意盎然的茶树

他的传奇人生
从家园出发
又曾屡次往返故土
点燃暴动火炬
集结革命队伍
在枪林弹雨中杀出的
红军第二方面军
正是在这里
开始了震惊世界的
两万五千里奔突

贺龙跟定了共产党
桑植儿女们
又跟定了贺龙
踏平无数封锁线
擂响一路进军鼓
从长征到抗战
从胜利到解放
推翻了腐朽的王朝
挺起了人民的脊骨

数红色摇篮圣地

送红军出发的桑植
业绩煌煌照史书
数开国风流人物
从桑植走出的贺龙
功勋赫赫留千古
请给我在这里多留几个影
留下我对元帅的崇敬
留下我对桑植的情愫

行吟南昌

在南昌改乘航班
为的是到八一广场
经受一次穿越时空的周转
在伟大的建军丰碑前
我的思绪飞向历史
回到那个武装起义的夜晚

听，谁在夜幕中高声呐喊？
那是你啊，起义总指挥贺龙
以枪声宣告了红色的背叛
虽然当时你还不是中共党员
却肩负起党交付的如此重任
用革命武装直捣反革命营盘

你率领的队伍冲破长夜
将共产主义信仰注入肝胆
蒋介石对你又恨又怕
大屠杀带来了革命大发展
你成为党指挥枪的开路先锋
也遂了向镰刀铁锤宣誓的心愿

从此你跟着党南征北战
率重兵踏遍无数险隘雄关
经历了跋涉两万五千里的艰辛
收复了日寇铁蹄下沦陷的江山
粉碎了蒋家王朝疯狂的对抗
迎来了人民当家做主的政权

你指挥打响的南昌起义第一枪
是开天辟地的伟大壮举
是革命武装的雄伟涅槃
是人民解放军诞生的宣告
是中华民族站起来的序曲
是共和国长城奠基的金砖

后来，你成为人民政府的高官
却随和得像一位湘西老汉

到部队与士兵们切磋枪法
在赛场与运动员亲切交谈
胡子如风度一样潇洒可亲
话语似脚步一般轻松浪漫

若不是那段不该发生的岁月
将元帅的尊严随意撕扯洞穿
你一定会留下更多传奇
为共和国的强军分享凯旋
也会为全面复兴的谋略鼓掌
对实现中国梦更加充满期盼

眼前的丰碑里有你的灵魂
头顶的星空上有你的光环
凝固的军旗中有你的初心
崭新的天地间有你的温暖
亲爱的贺老总,敬爱的元帅
请收下,一个退伍军人的由衷礼赞

2018年8月

写在中国地图上的诗篇(组诗)
——献给中华人民共和国七十华诞

凝视祖国

我在小小的书房里
挂了一幅很大的中国地图
几乎占去一堵墙面
我常常会像
身经百战的将军那样
久久凝视浓缩的千山万水
让情思穿越历史时空
去拜会飘逝的革命风云
去感受冷却的烽火硝烟

凝视祖国,不能不缅怀
我们的锦绣山河
被铁蹄践踏的岁月
一场场浴血厮拼
一次次胜利凯旋
无数先驱用生命和热血
将祖国从垂危中解救

走出漫长而阴冷的黑暗
迎来朝霞般的五星红旗
扬眉吐气，迎风招展

凝视祖国，不能不回味
我们的青春年华
被信念点燃的日子
一天天挥汗如雨
一重重排除万难
各族儿女用智慧和汗水
使祖国于艰辛中富强
挣脱贫穷和落后的羁绊
跨入新时代辉煌盛世
全面振兴，志向高远

凝视祖国，不能不礼赞
我们的领航巨舰
那千锤百炼的桅杆
七十年运筹帷幄
七十年披肝沥胆
钢铁梯队以科学和创新
使祖国在自信中崛起
编织和平与发展的花环
实现中国梦指日可待

国强家旺，花好月圆

寻找足迹

我习惯于用放大镜
在地图上寻找从军年代
巡逻过的原野和山川
寻找我留下的光荣足迹
那是我心中一束
永远不会凋谢的花朵
那是我与亲爱的祖国之间
一种深入骨髓的默契

军人的天职，就是随时准备
搏杀疯狂的入侵之敌
在我留下足迹的地方
分分秒秒
都能听见祖国的呼吸
一举一动
都在牵动祖国的目光
一言一语
都会萦绕祖国的耳际

我的足迹曾撒满北疆

那冰雪覆盖的山脊
我的足迹曾密布南国
那终年开花的长堤
我的足迹曾远涉荒漠
那磨砺斗志的戈壁
我的足迹曾亲吻东海
那惊涛拍岸的营地

啊,我的足迹
曾撒向祖国的四面八方
啊,我的军徽
曾辉映庄严的五星红旗
祖国和我,我和祖国
相依相随,形影不离
为了把每一寸神圣的国土
都紧紧地攥在手心里
那枕戈待旦的光荣岁月
最辛苦,也最甜蜜

如今,我以指纹为数码
让足迹之光照亮记忆
和祖国一起回放——
七十年铿锵的前进步伐
是那么整齐,那么从容

那么一如既往地坚定有力

在地图上追梦

自从走进追梦的新时代
我，一个退役老兵
常常对着地图畅抒情怀
我想请九曲黄河
从我的江南故乡引几条春水
染绿沙尘弥漫的塞外
我想让万里长江
从它的上游源头载几船秋果
推向拥抱世界的大海

我曾伫立在中国地图前
借助诗人想象的脑袋
呼吁神似龙腾的长城
与太空开展广泛的合作
构筑抗御一切外敌的轮台
建言横空出世的昆仑
在千古洪荒掘出一条通道
连接丝绸之路将幸福开采

我曾沿着高原的走势搜索

看还有多少贫困角落
被卡住发展经济的命脉
看还有多少隔世野村
必须靠科学文化脱骨换胎
看还有多少学龄儿童
面对自己的姓名摇头发呆
看还有多少边地父老
为逛一次集市竟翻越悬崖险隘

我惊喜畅想的情景纷纷成真
将地图上的红色标记不断修改
乡村和都市的距离越来越近
强国和强军的步伐越走越快
太空已熟悉了五星红旗
宇宙已领略了中国气概
新中国七十年的沧桑巨变
全世界的朋友都大声喝彩

当神奇的天路硬是穿云破雾
英雄车队撕开漫长的闭塞
当青藏铁路终于实现全程通车
兑现了远古的守望和期待
我的梦一次次从地图上放飞
红色标记如格桑花一般盛开

我用真诚的诗歌欢呼和祝福
祖国啊,一定会拥有更美好的未来

南海九段线

地图上的九根粗线条
沿着南海围成一圈
这是一座环状长桥的
九根桥墩
这是一条巨型项链的
九颗珠宝

环状的桥
象征着中国的南海
向友好邻邦敞开了怀抱
欢迎和平发展的信使
在桥上聚会赏光
为合作共赢而细加探讨

巨型项链
专为神圣主权打造
中国为拥有它的华贵自豪
却从不刻意炫耀
南海的每一朵浪花

都应和着母体的脉跳

地图上的九段领海线
是九块撼不动的国境浮标
它具有九座珠穆朗玛的重量
压得住任何疯狂的海啸
它蕴含九九归一的深刻哲理
顶得住所有挑衅的喧嚣

给予朋友的永远是
传递吉祥如意的鲜花与微笑
为豺狼准备的必然是
走向自取灭亡的绞索和镣铐

南海九段线
掰不开，抹不掉
耀武扬威的威胁
煽风点火的鼓噪
都休想让九段线的地位
在南海发生动摇

它时刻闪耀在
海防战士警惕的瞳仁里
退役老兵的地图上

也布满了严阵以待的符号
只要祖国一声令下
我们就会从四面八方
闪电般奔赴前沿
向国旗和军旗列队报到

2019年3月

一个退役老兵的家国情怀（组诗）
——献给中华人民共和国七十华诞

"古稀"新中国

我在洁白的电脑页面上
打出三个汉字：新中国
就像儿时母亲听见我的呼唤
一张海棠叶形的慈祥笑脸
便迅即闪现在眼前
啊，我的母亲，七十岁的共和国
依然是夏花般的青春容颜

那盘历史的录音依然年轻——
雄壮的《义勇军进行曲》
在鸽哨欢乐的伴奏下响彻云天
开国大典，我们的领袖庄严宣告
中国人民从此站起来了！
这声音年轻得如八九点钟的太阳
久久回旋在河汉与大地之间

那幅定格的画面依然年轻——

北京丹枫似火，秋光潋滟
站起来的土地高举五星红旗
站起来的人民傲然携手并肩
踏着进军鼓点走过天安门前
这画面年轻得如雏鹰奋飞的翅膀
扶摇万里，见证了沧桑巨变……

那颗炽热的初心依然年轻——
历经无数次生死考验的信仰
凝聚在开天辟地的锤与镰
中国共产党点燃的火炬
完成一次次继往开来的交接
万里长征磨炼出的铁脚板
步履铿锵，踏平一路千难万险

七十年"天翻地覆慨而慷"
从小米步枪到卫星火箭
七十年"六亿神州尽舜尧"
从丧权之痛到寰球中坚
废墟上崛起梦寐里的家园
奋进中迎来新时代的人间
俱往矣，历朝历代，何曾遇见？！

啊，古稀，名副其实的古稀

举世惊叹七十个春秋
竟跨越了上下五千年的铺垫
于山重水复中演绎峰回路转
十四亿襟怀牵绕同一个志向
沿着中国特色社会主义通途
攀登中华民族伟大复兴之巅!

回望解放……

跨过从旧中国到新中国的门槛
必须推翻"三座大山"的阻挡
我庆幸用一双孩童的亮眼
亲自见证了
"三座大山"轰然崩塌的景象

爹娘把这个历史性时刻
叫作"解放"
他们眼含热泪大喊
解放了!解放了!
牵着我加入了
迎接新中国的狂欢人浪

我挣脱爹娘的手
从打腰鼓、扭秧歌的队伍里穿过

许多人争着摸我的头

吻我红扑扑的脸

在乒乒乓乓的鞭炮声中

一位漂亮的解放军阿姨

给我照了生平的第一张相

爹娘呼唤着一路寻来

也在我身边沾了光

庆祝解放的大会上

漂亮阿姨指挥大家合唱

"解放区的天是明朗的天"

所有人都跟着唱,越唱越响亮

这是我最早学会的歌

七十年了,至今一点儿都没忘

一唱起那自豪、快乐的旋律

我就会感到:"解放"这两个金色大字

好重、好重啊

在所有站起来的美好记忆中

具有顶天立地、排山倒海的力量

青春的荣耀

朝气蓬勃的青春岁月

我曾经为共和国站岗放哨

那是最难忘的人生履历
也是我最大的荣耀
从航校到边防空军基地
我以报效国家的一片赤诚
奉献了生命中最有力的心跳

从乳臭未干到百炼成钢
我经历过"魔鬼"式训练的煎熬
从枕戈待旦到加入战斗集体
我分享了一个中国军人的骄傲
当击落敌机的捷报传到北京
司令员亲自飞到前沿指挥所
带来国家的嘉奖,人民的犒劳

这时候,我们释放了——
吃饭用筷子练截击的压力
睡觉也睁一只眼睛的疲劳
对强盗肆无忌惮的愤怒
对飞贼逃脱天网的懊恼
是长城的激励,长江的信赖
给了我们"务歼入侵之敌"的法宝

新中国的空军虽然太年轻
银燕却照样击落了傲慢的凶雕

从"U-2"到"无人驾驶"
都葬身于我们智勇的长空战壕
其实,在保家卫国的朝鲜战争中
我们已有过以弱对强的胜利
演绎了史无前例的云海拼刺刀

从投笔从戎到解甲归来
我一直在风云变幻中聆听集结号
退伍老兵的胸怀博大
容得下五湖四海天涯海角
那份青春荣耀饱含军人的血性
只要共和国一声令下,我定会
抖擞精神奔向军旗,高喊一声:到!

2019年2月

今夜，祖国因你而年轻……
——献给中国网球运动员李娜

今夜，我们古老的祖国因你而年轻
母亲脸上的皱纹被幸福的泪水抚平
从大洋洲吹来的热风
温暖了严寒的冬日
为即将到来的马年春节
又加重了一份吉祥和喜庆

今夜，我们伟大的民族因你而欢欣
亿万乡亲父老都在呼唤你的芳名
从墨尔本发来的捷报
点燃了璀璨的华灯
为即将开幕的迎春晚会
更增添了一派快乐与豪情

网球，那鹅黄色的会展翅飞翔的精灵
从什么时候起吸引了无数颗中国心？
啊，不正是你吗，李娜
你和几位金花姐妹一起
连年征战在五洲四海

向祖国频频传佳音

从天真的孩童时代开始
你就在人生旅途播撒寻梦的脚印
寻梦之路，曲折而漫长
每一份成功都须付出十倍艰辛
你在执着的拼搏中
渐渐成熟，完成对自我的造型

当你说出：我是李娜
就意味着：你已接近渴望中的梦境
你无惧风雨，你蔑视雷电
坦然面对了无数次失败
只有在此时，成功才敞开怀抱
无限风光的顶峰期待你登临

你曾登上"法网"之巅，幸福得滚一身红土
接受全世界球迷的致敬
当你尽情享受圆梦的时刻
祖国已把你含泪的笑容在史册上锁定
你的光荣，也是祖国的光荣
奖杯与五星红旗交相辉映

这样的时刻还会到来吗

有人感叹：你已不再年轻
运动员的辉煌常常是昙花一现
很快就会随风凋零
但你不认同这个规律
发誓再登举世瞩目的峰顶

网球是不老的，它的形态就像雏鹰
寻梦者的心也是不老的
三十而立，只是起跑点的更新
多梦时代呼唤寻梦人
须珍惜每一寸宝贵光阴
你认准新目标，在奋进中焕发双倍的青春

2014年，神州大地正响彻马蹄声声
你在共和国窗口蝉联了深圳赛冠军
又快马加鞭直奔大洋洲
从隆冬直奔炎夏
投入新一轮的厮拼
从容地期待幸福的来临

在澳大利亚，在墨尔本
你成了公认的半个东道主
到处有注视你的目光
到处有呼唤你的声音

赞誉和笑靥为你而张扬
掌声和欢呼为你而响应

你两次冲击"澳网"之巅
两个亚军已足以令人艳羡
但你追求的是更新更美的梦
今夜，已是你第三次冲刺
全中国都在牵挂这场争夺的输赢
墨尔本的夜色因此而格外迷人

这是一场世界上观众最多的大赛
山在倾听，海在倾听
云在倾听，月在倾听
倾听网球落地的每一声
每一颗中国心都在为你加油
每一个中国人都在为你鼓劲

成功了！你终于又获得成功
胜利了！你硬是再次美梦成真
此刻，有多少同胞与你分享喜悦
此时，有多少舌尖将圆梦的甘甜共品
你为中国梦又贡献了精彩的一笔
更激起我们对未来的无限憧憬

今夜，我们古老的中国因你而年轻
熊熊燃烧的青春火焰
正融化封堵河道的坚冰
母亲的笑容流淌成潺潺春水
滋润着希望的田野和树林
你的网球飞旋在无数庆贺的餐厅

你被对手称为伟大的球员
我的诗，已无法把更高的赞美词搜寻
就让我也叫一声伟大的李娜吧
我以诗的名义由衷地向你致敬
谁能为祖国赢得天下的掌声
谁就是一个当之无愧的伟大公民！

2014年1月初稿
2019年1月改定

中国女排

2019，金秋
那流汗的暑热
似乎还在岛国日本徘徊滞留
第十三届女排世界杯
结束了十一场激烈的战斗
好样的中国姑娘们
又把冠军奖杯捧在手
捧在手，举过头
胸前，金牌随血脉而跳动
脚下，步履因激动而颤抖
如愿以偿，再享荣光
凝望国旗跃升，倾听国歌高奏

啊，此情此景
已经十度重现在荧屏
亮丽了多少含泪的眼球
啊，此时此刻
已经十回定格在史册
深深铭刻在滚烫的心头
中国女排，巾帼团队

十次夺得世界第一
十足的青春楷模，时代风流
奥运会、世锦赛、世界杯
轮番给祖国容颜添异彩
再三为四海同胞解乡愁

东京球场，日本败北
虚席太多，心灰人走
却难以抵挡中国胜利的欢乐
霎时弥漫华夏，激荡五洲
虽然还剩下一场毫无威胁的较量
即便输球，也改变不了
金牌归属的左右
说真的，阵阵倦意来袭
姑娘们多想放松一下
无数次紧绷的肌肉

偏偏她们的总教练
曾经在国际排球场上
叱咤风云的"铁榔头"
对任何赛事都一丝不苟
依旧尽遣主力迎敌
仍然坚持战术战略运筹

"主攻"不遗余力的重扣
"副攻"拦网成功的大吼
"二传"穿针引线的灵犀
"接应"出其不意的得手……
直到裁判宣布比赛结束
姑娘们才抱成一团
任凭热汗伴着喜泪流

世界冠军连夜飞回北京
早有球迷和鲜花在机场守候
正值新中国七十华诞前夕
首都灯火辉煌如同白昼
姑娘们一觉醒来
在荣誉和庆贺的包围中
一个更大的喜讯
将连日征战的疲劳
全都蒸发到天外重霄九

党中央习总书记
亲切地接见了她们
满面春风,谈笑风生
对女排姑娘夸不够
平时爱说爱闹的姐妹们
此刻个个脉脉含羞

倾听着最高褒奖
分享着幸福时刻
又荣幸地品尝了盛大国宴上
那一杯回味无穷的美酒

从横空出世到家喻户晓
中国女排啊
演绎了多少亮丽春秋
自打袁伟民率领娘子军
远征四海五洲
新中国体育殊荣
由小球升华到大球
到弟子郎平挂帅闯世界
挑战天下劲旅
于竞技中不断磨砺意志
一次次争夺魁首
胜不骄，败不馁
心贴心，手拉手
前赴后继，一茬茬风骨依旧
中华女儿，秉承中国精神
——所有成功和胜利
都来自从零开始的精神
不懈的追求和奋斗

2019，金秋

新中国七十华诞

盛大的阅兵和游行

展现出——

无限风光，满目锦绣

强国的魅力，强军的威力

随着车轮的缓行

进入向寰球直播的镜头

万众瞩目的彩车上

又见女排，又见女排

胸挂世界冠军金牌

气昂昂，雄赳赳

接受祖国和人民检阅

正是阳光灿烂的好时候

一个姑娘，一朵怒放的金花

芬芳飘溢，沁入多少欢跳的心口

中国女排，世界第一

兵哥哥方阵高呼

如同金鼓敲，春雷吼

令红旗劲舞，白云竞走

姑娘们挥臂答谢

热血又澎湃成国歌的节奏

此刻啊,此刻——
她们是那样强烈地渴望
又一个奥运年的到来
争分夺秒,厉兵秣马
全身心投入为国争光的
又一场大美奋斗!

中国女排,世界第一
老将们不减壮怀
功成告退,风采依旧
流连球场,精神抖擞
新秀们不负众望
你追我赶,出类拔萃
心贴祖国,更上层楼
发愤赢得步步高
巾帼常使须眉羞
千锤百炼的模范团队
描绘着中国体育健儿的
一幅幅——
春华秋实,前程锦绣!

2019年10月

雷锋归来

车轮,只有认准道路
才能旋转出速度和价值
他掌握的方向盘
熟悉每一块铺路石

他个子不高
却足以令万众仰视
于平凡中磨砺出的伟大
使无数同胞为他竖起了拇指

他珍惜青春的年华
却从不把青春留给自私
他热爱宝贵的人生
却拒绝以人生去换取奢侈

他是搏击长空的鸿鹄
承载着民族希望迎风展翅
将崇高凝入车轮,以信仰为引擎
始终保持勇往直前的英姿

活着,是为了别人过得更美好
他是至诚与至爱的华夏赤子
他是中华传统美德的光辉典范
他代表着人间的正义和良知

多少年了,人们只要一提起他
眼睛就会被思念和感动打湿
心里就会有暖流激荡
前进的脚步就会从容而踏实

你听见天宇间隆隆的音响了吗
那就是他,那就是他——
我们久违的"雷"
正向广阔大地发出庄严的宣誓

你看见乌云中劈下的闪电了吗
那就是他,那就是他——
我们的"锋"
正挥舞利刃清除枯败的残枝

是的,那就是他,我们的雷锋
昂首挺胸,义无反顾,来得正适时
要让驱动过光荣历史的车轮
在新时代的进军征途上加速奔驰

当改革开放拓展一片繁华盛世
当和平发展获得普天下认知
我们既惊叹华夏经济腾飞
又痛惜有人竟把民族精神丢失

雷锋归来——与我们挽臂同行
把中国精神的常青树遍地种植
从雾霾中夺回信仰的活力
在风雨里唤醒奋斗的意识

雷锋归来——与我们共同求索
如何构筑新时代的文明与法治
怎样才能无愧于先驱和后来者
担负起继往开来的神圣天职

归去来兮,壮哉雷锋
一个伟大的共产主义战士
一面光辉的文明旗帜,辉映日月
一座不朽的精神丰碑,高山仰止……

2019年3月5日

岁月的暖流淌过心弦(组诗)

太阳、母亲和我

从迷上诗歌那天起,
我就把大半辈子的崇拜和激情,
全都献给了太阳。

儿时,冬天格外漫长。
母亲常带我到门外晒暖,
一边纳鞋底,
一边把太阳公公的故事,
讲了又讲。

我问:太阳公公住在哪儿呀?
她说:在很高、很高的地方。
只有在睡梦里,
才会走近你的身旁。

我真的在梦里见到了太阳,
他的脸像外公,
胡子也是红色的,

眼睛笑眯眯,闪着金光。

我高兴地扑向他的怀抱,
大叫一声,醒了!
可是我紧紧抱住的,
却是母亲温暖的臂膀。
从此我一看到母亲,
就像是看到太阳。

长大成人后,
我应征入伍远走边疆,
在没有太阳的寒冷日子,
特别想念母亲。
收到她的来信,
心里就充满了灿烂的阳光。

回归母亲身边时,
记忆中的每一天都很晴朗。
即便刮风下雨,
也不缺少温暖和明亮。
暗夜中母亲把太阳变成灯,
冰雪里母亲把太阳烧成炕。

羁旅天涯海角时,

母亲的声音总是萦绕耳畔。
太阳变成了金翅鸟,
飞翔在我和母亲的心上。
直到有一天这鸟儿突然消失,
我久久仰望养育了太阳的天堂。

慢慢地我也走近了黄昏,
披一身晚霞信步徜徉。
让岁月的暖流缓缓淌过心弦,
演奏着经典的人生乐章……

晚婚的浪漫——致妻子

命运决定我们必须晚婚。
经历过一段蹉跎岁月,
才在一位月老的撮合下,
牵起了姻缘的红绳。
迟来的恋情如熟透的果实,
催我们加快采撷的时辰。

我们没有在花前月下,
演绎那些絮絮叨叨的过程。
匆匆牵手,便效仿比翼鸟,
翱翔千里去攀登古长城;

然后进入蓝色的航行，
完成了对海上日出的考证。

一次美丽的出发和到达，
就迎来了一个家庭的诞生。
我们无力操办豪华婚礼。
连家具都是匆匆拼凑而成。
温馨的卧室，小小的书房，
营造了相当不错的气氛。

很快就有了一个女儿，
我们亲自动手编织摇篮，
一边哼着外婆的催眠曲，
一边下跳棋，为输赢争论。
我自学获得名校的本科文凭，
你报考电大读经济管理课程。

翅膀硬了我们又开始飞翔，
从长江口直奔南国深圳。
人过中年不改寻梦的初心，
在特区处女地上奋力耕耘，
收获虽不如想象的那样美好，
筋骨里却多了几分坦荡和坚韧。

一对夫妻,一个孩子,
到老了我们仍保持这个身份。
晚婚和计划生育都赶上了,
平民之家,都按国家政策点灯。
也许身边会缺少一些热闹,
但走出家门就感觉到生活仍在沸腾。

我们常在绿荫下悠然漫步,
不时为国事沧桑发几句自问;
我们常在街市中徘徊浏览,
不断给彼此增加几番情韵;
我们常在旅途间依偎自然,
不忘向岁月索回几分青春。

是谁说传统婚恋没有浪漫?
真诚之爱是永不枯朽的树根。
我理解你比婚纱更透明,
你知晓我比钻石更精深,
相见恨晚,就该珍惜每一天,
视晚霞为朝霞,迎拂晓于黄昏。

这一生,我失去很多

是的,我老了,

思维也常常变得啰唆。
对遥远的往事记忆犹新,
无论是痛苦还是甜蜜,
不管是光荣还是耻辱,
都牢牢黏附在脑海的浪花上,
一点一滴都没有消失,
我兴奋不已,也饱受折磨!

这一生我失去很多。

当爱情走近的时候,
我却故作严肃和冷漠,
使如花的初恋悄然凋零,
心里留下一个画中人,
常对我泛起嘲笑的酒窝。
当仕途走近的时候,
我却没有从容地把握。
多了些牛劲,少了些灵活;
只习惯埋头躬耕,
不善于蒙眼拉磨。
机遇一次又一次错过……

当兵时我做过将军梦,
渴望指挥千军万马,

于出生入死中尽忠报国。
偏偏没有战斗的机会，
又偏偏赶上了"文革"；
稍不留神，就因为几句
对乱世的怨言，铸成大错，
所有的勤奋和努力，
都抛掷在退伍还乡的列车。

这一生我失去很多。

人过中年，没有称心的工作，
却痴迷于呼唤希望的诗歌。
从机器中旋转出灵感，
在汗水里提炼出快乐，
于清贫中认准一个目标，
拒绝将人生白白消磨。
那一年我告别拥挤的上海，
开始了南下特区的求索；
投身沧海奋臂畅游，
冷不防被一阵疾风卷入旋涡。

我加入改革大合唱，
发现身边常有跑调的南郭；
我伴奏开放进行曲，

感觉丝弦之间丢失了国魄；
我目睹硕鼠横行大粮仓，
成群的流浪猫却已经麻木；
我惊叹无神论者崇拜寺院，
顿首如捣蒜，连声念弥陀……
我想试一试鲁迅的笔锋，
为人民请命，向腐败挥戈！
居然招引来四面埋伏，
明枪和暗箭轮番朝我发射。

这一生我失去很多……

那滚滚而来的财富，
只要难得糊涂便悄然入伙；
那扶摇直上的官运，
只要趋炎附势便唾手可得；
那五彩缤纷的名誉，
只要顺水顺风就轻易荣获；
那花天酒地的日子，
只要舍弃信仰就尽管享乐……
然而我深感坦然的，
是没有丝毫回头的欲念，
任凭这浮华的一切
都曾经与我擦肩而过。

是的,我老了。
却无悔经历太多的人生跋涉,
满足于国家给予我的
一份普通劳动者的养老生活。
已经尝到了小康滋味,
当然也向往举国梦圆,普天同歌。
中华民族的全面复兴,
那该是多么伟大的时刻!
再老的人,只要心里装着未来,
就会有青春的蓬勃,
就会有火热的诗歌。
衰老与年轻,何必相背而坐?
只听见声音,看不清面目,
快转过身来,
感受各自的存在,
这才是最完美的,我亲亲的国!

让我们仰望星空

今夜,月色多么晴和。
来呀,让我们仰望星空,
乘遐想之舟穿越云烟,
朝无边无际的河汉轻轻划动。

星光点燃了思念和记忆，
远帆争相飘来，摩肩接踵；
天上和人间同样拥挤，
却没有你争我夺的磕碰。

啊，快登临彼此的星座，
与失落的美拥抱相逢；
啊，快重返各自的梦乡，
与冷却的爱依偎交融。

你在星光中青春再现，
我在星座里返老还童，
复活的信念英姿焕发，
涅槃的凤凰曼舞金风。

一颗星辰就是一座路标，
指引着灵魂小径的畅通。
一束星光就是一份荣耀，
激荡着热血澎湃的心胸。

脚踏现实的大地，
神往理想的星空，
与今天并肩同行，

向未来放飞鲲鹏。

今夜,月色多迷人!
来呀,让我们仰望星空……

昨天已经远去

推开窗,迎晨风入户,
思绪伴曙色同行。
脑海里,
已淡远了昨天的踪影。
妻子还在卧房里,
寻找什么。
是昨天的一个记忆,
消失在她梳妆的镜子里。

我知道那记忆,
已落入思维的深井。
虽然昨天和今天离得很近,
但井水却望不见底。
这是衰老的悲哀,
能想起童年干的一件傻事,
却忘了昨天
偶尔发生的情形。

妻子捶打脑门，
催记忆苏醒；
我突然想起来了，
但没有制止她的搜寻。
她有些沮丧，
差点要砸镜子发泄。
这时她忽然看见一道折光，
照亮了昨天那失去的瞬间。

啊，她找回了记忆，
就像找回失踪的宝贝，
眼中泪花晶莹。
那是她的"闺密"
要给三岁的孙子做生日，
叮嘱她务必光临。
她满口答应了人家，
一觉醒来竟忘得干干净净。

昨天已经远去，
一切都将在今天更新。
随着如今看淡年龄的时兴，
真该为老人配一把智能钥匙，
以便随时开启

忽远忽近的记忆之门。

藏书里的纸币

昨夜,我从书柜最高层,
取下一本儿时的读物。
于翻阅中发现了
一张崭新的五角纸币。
它出生在二十世纪五十年代,
那段清贫的岁月里。

我已多年没理会这本读物。
纸币从它的怀抱中,
飘落到我的藤椅。
我就像拾起一片落叶,
轻轻地放在掌心,
感觉有微微的电击。

五角钱,如今多么微不足道,
可它的收藏价值,
今天却难以估计。
它把我的记忆之灯骤然点亮,
这是终年辛劳的母亲,
对我第一篇作文的奖励。

作文题目就是《我的母亲》,
老师在讲评会上朗读,
我回家又模仿着给母亲朗读,
母亲一边笑,一边哭,
说我将来能当作家,
给了我那份重重的奖励。

别小看了当时的五角钱哪,
对于母亲来说,
它可以是全家的一顿早餐;
一盒缝补岁月的针线;
一炉驱散严寒的炭火;
一条消除酷暑的芦席;

母亲并不吝啬,
但承受着当家的压力。
为多花一分钱与父亲争吵,
为浪费几粒米对子女生气,
但她一次就给了我五角钱,
我命令自己:必须加倍珍惜!

那本已有些年纪的儿童读物,
也是母亲给我买的。

我没有花掉那五角钱,
而是当作书签与知识一同呼吸。
在母爱中攻读人生,
留下一串串奋斗的足迹。

成年后,家居几经搬迁,
无论我羁旅何方,
母亲都没有落下我的一页纸片。
直到她离世前还叮嘱,
别忘了从她的樟木箱里,
取走我小时候的东西。

啊,藏书里的纸币,
莫不是母亲从天堂派来的信使?
它点燃了我对母亲的思念,
它再现了我对童年的记忆,
竖起,是一片催我前行的远帆,
放下,是一叶满载深情的舟楫……

2018年11月

故乡咏怀(组诗)

大冶老街印象

前门 是光溜溜的石板街
马蹄和人力车辙
谱写了一支
萦绕多年的流行曲
绿荫如盖的参天古树
将几百年沧桑岁月
记载在美丽的年轮里

后门 是清凌凌的天然湖
长江母亲用奶水
养育了一道
永葆青春的好景致
绵绵不绝的鱼虾和莲藕
为十几万户巴楚家园
增添了过日子的滋味

小巷深深 留下我
童年的稚嫩足迹

乡音袅袅 凝入我
儿时的烂漫笑语
从过生日的一个红蛋
到闹元宵的一次观灯
都是我心中
永不凋谢的记忆之花

故乡多风采
在我的心中层层叠印
故乡多亲情
在我的脸上烙满热吻
故乡多传奇
从爷爷颤动的胡须里
曾飞出许多动人的精灵

麻饼 糍粑 小麻花
山菜 河鲜 粉蒸肉
枇杷 柑橘 红樱桃
留在舌尖上的故乡
感觉是香香的、甜甜的
有时酸酸的
苦涩也会偶然发生

任何印象的深浅

都不在乎时间的长短
或距离的远近
久别故乡的游子啊
纵然走遍海角天涯
在羁旅的梦寐里
总会感觉到故乡的温暖……

爷爷的中药铺

爷爷是土郎中
就像教我吟唱唐诗那样
也常教我背诵《本草纲目》
他说每一味药材
其实都是一首隽永的诗

爷爷的中药铺百味杂陈
满目壁柜里什么都有
姿态万千的树叶与根须
色彩斑斓的花朵和果实
还有风干的蛇蝎及虫子

爷爷的中药铺远近闻名
一堆账本上什么都记
张婆婆的药煎好送去

赵铁匠的伤再去看看
李家的赊账莫再催收……

爷爷的医术出神入化
从鬼门关救回几条穷命
倾情相助不收分文
却拒绝为狗日的汉奸
诊治见不得人的花柳病

爷爷的中药铺恩泽乡里
成为乐善好施的本土经典
虽然父亲远走他乡
没有继承淡泊清贫的营生
爷爷的中药铺仍然与史共存

当老街成了今日的旅游亮点
我听导游说爷爷的故事
眼前不禁闪烁儿时的煤油灯
灯下，捋着胡须的爷爷
以百草为题，教我辨识人生……

又见西塞山

儿时游西塞山

不知这是兵争之地
曾经有一百多场大战
沉入了浩荡的江流

直到读刘禹锡的怀古诗
我才闻到了血腥味
历朝历代的厮拼
换来几多功成名就

诗人屡遭迁徙和漂泊
耗费了生命中二十三个春秋
面对故垒大发感慨
留下了一纸脍炙人口

写不尽的江山兴亡
悟不透的生死格斗
挣不脱的人生磨难
理不清的离恨别愁

当我也经历了戎装军旅
当我也品尝过漂泊苦酒
再见西塞山时竟百感交集
真想摸遍那些饱经沧桑的石头

从刘禹锡怀古到我怀旧
西塞山送走多少大江东流
斗转星移，岁月悠悠
屹立的乡情呵
在游子心中天长日久

2019年5月

大鹏,在奋飞中寻找天空(组诗)
——深圳大鹏新区抒情

我与大鹏

儿时,母亲讲精忠报国的故事
说英雄岳飞
是大鹏金翅鸟的化身
那只巨大的神鸟
因为冒犯天帝
被惩罚投胎凡间
经受了一世人生的煎熬

后来,我踏着古文的路径
跟随庄子作逍遥游
登上翱翔的鹏翼
乘风万里在南海边落脚
目睹了多少代人的梦想
是如何在小城深圳
瞬息幻化成真
在奋飞中赢得一片海阔天高

于是我相信
曾经照亮历史的美丽神话
也能在新时代的现实中再造
大鹏，从此在这里栖息
定格成励志的图腾
精神的华表
也许，正是这千秋渊源
才造化了今日鹏城的妖娆
仅三十多个春秋，便一飞冲天
完成了路漫漫的艰辛寻找

我庆幸此生与大鹏有缘
在奋飞中亲近日月星辰的怀抱
在征途上学会给心灵筑巢
每当徜徉于这里的山海之间
仰视一览无余的碧蓝
胸臆间便燃起对飞翔的渴望
为寻找更遥远的天空
抖擞筋骨，梳理羽毛……

这就是大鹏

来到这以鸟命名的地方
谁能不向往飞翔

去亲近晶莹剔透的高天
去依偎挺拔俊秀的群山
去追逐汹涌澎湃的海浪……

这就是大鹏——
令人如痴如醉，心旌摇荡
忽而腾跃于水面
忽而扶摇于岭上
忽而穿越时空隧道
领略亿万斯年天地玄黄
忽而跨过历史栈桥
阅尽六百余载古城沧桑

走进这与鸟共鸣的地方
怎可不纵情吟唱
向辛勤的群鸥致敬问候
与羁旅的候鸟拉起家常
为金嗓子画眉喝彩鼓掌……

这就是大鹏——
令人身轻若燕，情思飘扬
忽而听涛于沙滩
忽而踏歌于林莽
忽而做客于锦绣村落

欣赏原味的俚曲山歌
忽而信步于国家公园
享受天籁的交响乐章

细看这山海环抱的地方
真像是人间天堂
绝美景致任凭剪裁
天然氧气随意分享
美味海鲜尽情品尝……

这就是大鹏——
中国的诗乡，世界的画廊
看不赢的神姿仙态
爱不尽的本色风光
远离一切摩擦和碰撞
到这里亲吻弥漫的芬芳
挣脱所有混浊和阴霾
在这里拥抱最美的太阳

鹏城

谁都知道
"深圳"是大名，"鹏城"是昵称
大名标注在地图上

昵称常常占满了诗文
"圳",是田间纵横的水沟
多少年来,如成堆破碎的镜片
倒映出残缺的苍穹之美
却留不住一朵吉祥的彩云

插上改革开放这对金翅膀
"鹏城"便扶摇万里
一路刮起浩荡春风
染绿了无数衰老的枯藤

当贫瘠的记忆定格为历史
如潮的足音却踏响"所城"
正是那座不起眼的古建筑
养育了高远的志向和精神

从"鹏城"到"所城"
能体验巨大时空的延伸
说近,仅咫尺天涯
说远,积数百年之履痕

从"所城"到"鹏城"
可感悟走出封闭的学问
没有历代驱除外寇的尊严

哪有今朝走向世界的强盛

森严壁垒的斑驳"所城"
深扎着千古不朽的民族根
四通八达的亮丽"鹏城"
展示出生生不息的中国魂

啊,在奋飞中不断寻找新天
仍须警觉狼烟再起,战火重生
以"鹏城"经济锻打强国之矛
用"所城"精神铸就爱国之盾

年轻的"鹏城"永远朝气勃勃
古老的"所城"依旧风骨铮铮
这是大鹏不断搏击风雨雷电
在奋飞中寻找天空的永恒动能

较场尾的黎明静悄悄

喧闹了一宵的较场尾
黎明,静悄悄……
只听风在絮语,海在唠叨

风说:这静谧应属于长夜

海说：这安宁当避开拂晓
一日之计在于晨
朝霞，海风，波涛
正适合提神醒脑

较场尾的黎明静悄悄
风情万种的民宿
大门紧闭，树影飘摇
一只餐馆的肥猫
乜斜眼睛偷偷朝外瞧
初来乍到的生客
手提着行李发牢骚

较场尾的黎明静悄悄
我放飞思绪之鸟
眼底奔来古较场的旧貌
曙光初照的沙滩上
响彻激昂的鼓角
骁勇的水师官兵
戎装列阵，杀声震九霄
旌旗猎猎扬军威
刀光剑影映赤潮

此情此景今何在

君不见南海仍有鬼影扰

较场遍筑安乐窝

对酒当歌，管弦变调

花花绿绿夜生活

纵情狂欢，杯水一笑

古怪的商号

揽客的绝招

但求财源滚滚到

较场尾的黎明静悄悄

静得我于惬意之中

带几分困惑，几分寂寥

我无法与风声、鸟声、涛声对白

只能在默默的踯躅中

拾起几片落叶把玩

透过阳光细看

发现那密集的筋脉间

竟有一串

模糊的问号……

大鹏湾的情爱模式

手牵手走上青山立山盟

肩并肩面对碧海发海誓

令人惊悚的峭壁之巅
婚纱飘舞成祝福的祥云
浪花飞溅的沙滩之隅
热吻定格了终身的托付

玫瑰海岸情影双双
鹿嘴崖上新人密布
七娘山中形影相随
情人岛畔心语倾诉
月亮湾的约会难舍难分
杨梅坑的浪漫无拘无束

大自然是最高明的设计师
大鹏湾的情爱模式
打造出真切的铭心刻骨
山盟,重于山——千古不朽
海誓,深于海——万年不枯
这正是天作之合的高度和深度

来吧,这里是爱的伊甸园
山水相依,海天相映,百鸟唱和
阳光烂漫,月色皎洁,花团锦簇
任清风习习拂去世俗的尘埃
任碧浪层层捧出心灵的珍珠

好一个天下有情人梦寻的归宿

大鹏文化歌

悠悠岁月,多少年风云潮汐
才雕琢成大鹏海岸
惊世骇俗的魅力
茫茫霄汉,多少代斗转星移
才打磨出大鹏天空
一览无余的清丽

大鹏之美,不仅美在
天造的锦绣外衣
更美在
地设的本土文化
对真善美的崇尚
流淌在血脉,渗透了肌理

一年一度文化周
是大鹏人喜庆的佳期
男女老少的精神洗礼
传承华夏遗风
展示民间才艺
活水长流,青山着意

从心窝里唱出的山歌
别有一番原汁原味
为新生活增添了惬意
狂放古朴的草龙舞
将遥远的祝福和祈愿
与新时代拉近了距离

渔家婚俗搬上露天舞台
练兵武术再现英雄豪气
山水之间，书香弥漫
诗人抒怀，画家挥笔
千帆竞渡，万人健步
摄影镜头追踪一派生机

从原始化石中呼唤生命
于洪荒地貌里发现珠玑
向历史的长河寻求基因
让枯萎的落叶重新呼吸
百家姓支撑着血肉长城
中国梦凝聚民族的希冀

每一个汉字就是一块基石
每一声母语就是一次记忆

文化是扑不灭的春风野火
文化是扯不断的生生不息
文化是替代不了的自信
文化是前赴后继的足迹

文化大鹏,抹不去的胎记
大鹏文化,偷不走的创意
哪怕只是吹几声螺号
戴一顶斗笠
都是乡土个性的张扬
众望所归的默契

年复一年的红火
岁岁不同的演绎
纵然是千头万绪的远景蓝图
有了穿针引线的文化
一切憧憬中的海市蜃楼
都能在现实中神奇地崛起

2017年3月

梦游桃花潭与李白对饮

东园。古渡口。
泊一叶扁舟,
风乍起,颤悠悠……

忽闻笑语天上来,
瞬间李白立船头,
谪仙人,好风流!

左袖一挥亮金樽,
右臂一甩见美酒,
是"老窖",味醇厚。

浓香弥漫夜光杯,
未曾沾唇先问候,
称诗友,如故旧。

问我古诗可常吟?
听我新诗诵几首,
频捋髯,眉紧皱——

都道盛世多华章，
因何好诗今难求？
轻风骨，逐铜臭。

满嘴呓语人不识，
一片雾霾罩阴沟，
叹"诗国"，魂魄丢……

酒逢知己吐真言，
梦会诗仙喜泪流
一席话，解烦忧——

华夏自古多俊杰，
岂容风雅蒙污垢，
诗言志，唱春秋！

国富民强举世望，
应有诗潮追日月
中华情，誉全球！

清风徐来舟自行，
无限风光眼底收，
诗仙去，酒香留。

俯首凝对潭中天,
举头连声邀太白:
常回人间走一走……

2017年6月

端午感怀

一个诗人缔造了一个节日
而且是在
春华褪尽、夏花怒放的农历五月

屈原,《中国文学史》第一位单列诗人
在国家这棵大树行将倾倒的时候
他拨响心弦,弹唱出满腔热血

他鄙夷在浑水里摸鱼的小人
他拒绝用酒精麻醉灵魂装糊涂
清醒地面对奸佞当道的现实世界

那个已经腐朽的世界容不下他
他的强国之梦一次次被权贵撕裂
眼看着江山社稷在衰败中走向毁灭

生养他的楚国本可以强盛起来
昏庸的君王却无视他的忠诚方略
任凭蛀虫啃噬树根,断送了绿叶

参天之大树在他的忧愤中倒下
国都沦陷,黎民百姓惨遭浩劫
在流放的煎熬中他哀痛欲绝

呜咽的汨罗江向他敞开怀抱
他纵身一跳,了结了生命
却激活了一部伟大的爱国史页

从此华夏的子孙后代就拥有了端午
饮雄黄酒,吃粽子,看龙舟大赛
无数中国心与屈原一起欢度佳节

划时代的《楚辞》已流传了两千多年
虽然不怎么好懂,却能家喻户晓
"爱国"这个母语词汇无须任何注解

如今有人将端午冠之为"诗人节"
屈原未必赞同,只因在写诗与爱国之间
不同"诗人"有着各自不同的难缠心结……

2017年5月

春天，我在绍兴的一次梦游

绍兴，一个多么亲切的地名
亲切得在我一日三顿的饭菜里
都能闻到古越龙山的醇香
绍兴老酒，是滋润我生命的琼浆玉液
从第一次坐上餐桌
到如今年逾古稀鬓角染霜
那片深情，总在我的血管里缓缓流淌

绍兴，一个何等亮丽的地名
亮丽得在我从早到晚的心目中
都会闪烁日晖月华的光芒
绍兴风采，是吸引我眷恋的锦绣画廊
从最初的走马观花
到不断采撷硕果细细品尝
那份收获，总在我的胸臆间久久珍藏

绍兴，一个难以忘怀的地名
难忘得在我埋头笔耕的岁月里
都有缕缕思绪牵动衷肠
绍兴故事，是放飞我理想的大鹏翅膀

从远古的大禹伟业
到实践四十春秋的改革开放
那种壮怀，总在我的脑海中澎湃激荡

绍兴啊绍兴，2018年春天
我又经历过一次拜访您的梦游
走进历史与现实紧紧拥抱的镜框
倾听您娓娓讲述春天的故事
一路抒写"绍兴再出发"的诗章
从现代化高速公路走进乌篷船
从中国窗口来看望中国的文化脊梁

是的，我认定您是中国文化的脊梁
九千年的文明进化史
两千五百多年的天地玄黄
从西施献身救国到秋瑾捐躯革命
从勾践卧薪尝胆磨砺剑锋
到鲁迅刺穿黑暗挥舞笔芒
多少豪杰自您的怀抱奔赴人间沧桑

不错，您也是许多华夏英才的故乡
历史留下一串长长的脚印
编织出历朝历代的辉煌
造就兰亭书法盛誉的王羲之

题写沈园经典词篇的陆放翁
开创山水名胜新诗风的谢灵运
吟诵孩童相见不相识的贺知章

万众景仰的绍兴赤子周恩来
是人民心中最完美的革命泰斗形象
教育家蔡元培和陶行知先生
为振兴中华民族架设知识的桥梁
王文娟演活了越剧的林黛玉
谢晋执导的电影屡屡获大奖……
多少翘楚如花雕一般美名远扬

春天,我在绍兴的这次梦游
与"中国梦"选的是同一个方向
绍兴繁华过,但难求一如既往
绍兴清贫过,但从未一落千丈
自从文化与经济凌空比翼
在改革中摸着石头过河
在开放中坦然走向市场

绍兴啊绍兴,您终于迎来百业兴旺
从青山绿水中寻找物质财富
从文化遗产中广积精神食粮
崛起了现代化都市建筑林

也不忘精心梳理千秋百代好风光
以砥砺为桨橹，拨开东湖涟漪
一路荡漾出家家户户惬意的小康

在铸造越王剑的热土上耕耘信仰
于开创新时代中激活古色古香
美酒照酿，香茗照采，丝绸照织
书法照写，社戏照演，鲁镇照访……
以"八八"命名的伟大发展战略
如巨大引擎带动科学发展的浙江
绍兴，怎能不借这强劲东风展翅翱翔

集结大自然赋予的鬼斧神工
盘点老祖宗传承的智慧锦囊
珍惜每一道上下求索的履痕
踏着每一声奋步挺进的回响
积四十年山重水复的绍兴经验
沿着迷人的水乡、桥乡、酒乡
携手万众，走向共同的中国梦乡

春天，我在绍兴的一次梦游
又见证了改革开放的天高地广
阅读得天独厚的文化渊源
分享心驰神往的丰富联想

如网的道路，如梭的车轮
于旋转中延伸着继续长征的自信
追逐梦寻的太阳，脚下更有力量

啊，且让我再光顾"咸亨酒店"
约鲁迅先生评说今日天下文章
且让我再徜徉于八百年沈园
去品味《钗头凤》里那无奈的惆怅
且让我穿越柯岩的奇峰异石
摸一摸如今鼓鼓囊囊的口袋
是否多了些沉重，少了些舒畅

照一照三国年代的绍兴铜镜
身后似乎有什么阴影在摇晃
俯拾落叶时，竟发现碧绿的盟誓
不知何时已变得脆弱和焦黄
啊，真想让绍兴大板猛喝一声
在追逐财富时别丢了精神健康
感谢绍兴，为我把初心之灯重新燃亮……

2018年8月

百年"五四"抒怀

一杆赤旗,挥舞罡风,
掀起反帝反封建的澎湃洪流;
一支火炬,点燃太阳,
照亮长夜难明的亘古神州;
一页热血写成的世界现代史,
呼唤不屈不挠的中华民族,
从压迫中挺身而起,精神抖擞;
一曲丹心谱写的爱国交响乐,
激励风华正茂的青春一代,
同仇敌忾拧成一股绳,
讨伐祸国殃民的腐朽!

啊,伟大的"五四",
二十世纪一座高耸的丰碑,
彪炳百年,意蕴深厚——
是新民主主义革命的集结号,
是中国共产党诞生的前奏,
是中国人民站起来的第一步,
是共和国广厦最初的虚构,
是捣毁封建文化窠臼的转折点,
是倡导文学拥抱时代的突破口……

中国，从此冲破旧世界的牢笼，
展开正义与邪恶的持久搏斗；
中国，从此举起铁锤和镰刀，
将民主与科学融入开天辟地的运筹。
杀出反动派重围，长征万里，
粉碎法西斯营垒，横扫贼寇；
推翻"三座大山"，升起五星红旗，
历经天灾人祸，实现梦寐以求。
啊，"五四"迈出的青春足迹，
前赴后继，勇往直前，
踏出一路春华秋实的锦绣！

"五四"，青年之节；
"五四"，青春之节；
定格在早晨八九点钟，
倾心于与美好的未来牵手。
百年砥砺，百年发愤，百年沧桑，
中国，依然青春活力无穷，
迎来天高地阔新时代，
正是鸿鹄展翅翱翔的好时候！
——中国，加油！——青年，加油！

2019年2月

夜读经典诗篇

大约有上万本藏书
静静地排列在我的橱柜
我熟知它们的位置
目光常常扫过
那些不同厚度的脊背

我偏爱那些经典的诗集
时不时就会去翻阅——
秀色可餐的分行韵文
陶冶容易浮躁的心情
拒绝粗鄙和肮脏的污染

已经作古的前辈诗人
大多经过血与火的洗礼
把他们的诗捧在手上
即便是冰天雪地的寒冬
也会有热乎乎的感觉

这时候，我会泡上一杯
明前龙井或是碧螺春

从诗句中吟出香茗的成色
我能听见从静夜的深处
传来游丝般熟悉的咏叹调……

我相信自己对藏书的选择
经典绝不是招摇一时的花朵
而是长青林木清晰的年轮
我掂量着它们的价值
同时也掂量自己的良心

对于迷恋的母语诗篇
我就像对待忠贞的爱情
不随风向转变而朝秦暮楚
也不会将我鄙夷的铜臭
忽然又认可为高贵的纯金

当假冒"经典"铺天盖地
精神市场充斥廉价的赝品
海量诗歌灵魂出窍，只剩躯壳
此刻，重读我珍藏的经典
不能不由衷佩服慧眼识珠的前人

为人民写诗怎能疏远人民
文化传承岂可偷换文化基因

为警惕千秋精华毁于一旦
中国诗歌应拒绝整容
决不舍弃黄皮肤和黑眼睛

连阴雨再长,也封锁不住太阳
我虔诚地向经典诗篇致敬
乌云不可能在苍穹安营扎寨
请相信:月亮还是我们的月亮
星星还是我们的星星

2019年3月

黄昏诗意（二首）

向东……

夕阳西下，我的步履
却偏偏向东
顾不上回眸一笑
与白昼的余晖惺惺作别
行进中，暮色渐浓

向东，向着毕生的选择
独有的情钟
温馨家园的东窗内
我勤奋笔耕的小小书斋
——那构筑梦想的时空

向东，向着执着的追求
忠诚的信奉
东方古国的天地间
我倾心眷恋的巍巍华夏
——那越来越美的姿容

向东，无悔初心立盟誓
不忘肝胆许大同
学万里长江滚滚东流水
无论经历多少曲折
终归沧海，迎着日出澎湃奔涌

斜阳与落叶

一抹斜阳，依恋地
跨入我的窗口
在我的玻璃茶杯中起舞

一片落叶，默默地
飘上我的桌案
接受斜阳最后的爱抚

一缕情思，甜甜地
溢出我的心尖
凝视着这黄昏的一幕

举杯时，斜阳惊悚
我慢慢饮下它
感觉有暖流弥漫肺腑

而落叶此刻却发声了
不知是一阵什么风
为我破译了它的泣诉

我将落叶拾起
放进一本咏叹斜阳的诗集
开始轻轻诵读

落叶倾听着，倾听着
散发出一股清香
我明白：它找到了灵魂的归宿

2018年12月

在旅途偶遇红叶

无论在哪儿看见红叶
我都会心驰北京西山
并且情不自禁地
吟诵出陈毅元帅的诗篇

游北京西山
我第一次感受到
在寒秋中摇曳的红叶
灯一般亮,血一般浓

读陈老总的诗
我第一次品味到
在烽烟里闪烁的红叶
信仰一般沉,人格一般重

不是火,却胜似火
能把我历经风雨的初心
在瞬间点燃……

2019年10月

今夜昙花盛开

妻和女儿
辛勤培育了一棵昙花
南方多雨的六月
我为保护这娇贵的生灵
小心翼翼地
将它从阳台移至客厅

妻问它许多回
什么时候开啊
女儿扳着指头算了又算
她们像守望孕妇待产那样
期冀了多日
偏偏在今夜早早进入梦境

而偏偏就在今夜
这神秘时刻竟悄然来临
我在客厅踱步苦吟
突然闻到醉人的芳馨
灯火阑珊处
昙花灿然开放

如养在深闺的处子
展露出比想象中更美的容颜

我急忙叫醒妻女
一家三口围着花盆
凝神注视着
她婀娜的英姿舒展
那丝丝缕缕含羞的袒露
感动了三颗虔诚的心

我惊叹昙花之美
却又为
"昙花一现"的典故不平
这惊艳的"一现"
其实延续了
好几个缠绵的时辰
"犹抱琵琶半遮面"的出场
"回眸一笑百媚生"的神韵
妙在纯，贵在真

怎能因"一现"难求
便颠倒了褒贬
左右了评论
须知：昙花的价值

正是这难得的"一现"啊
不争吉时，不赶良辰
不事张扬，不求摩登
于不知不觉中
要开就开得淋漓尽致
令人回味无穷
——刻骨铭心！

2017年2月

生命是一粒尘埃

在我们这个世界
几乎每时每刻都会发生
生命的诞生和终结
婴儿以响亮的哭啼宣告到来
老人以依恋的神情默默而去
生有泪,死也有泪

不要把生命看得过于强大
其实,一个生命
只是一粒
飘扬于广袤空间的尘埃
只要活着就不会消失
亿万斯年,无数尘埃的聚合
形成了世界的高度和深度

一粒尘埃未必就很轻
不同的内涵和价值
决定了它特有的重力和威力
有的足以推动整个地球
使岁月倒转

按人类意志主宰昼夜的更替
这种生命被称为伟大
即便已经死亡
仍拥有一片广阔的空间

任何伟大生命都萌生于渺小
至高无上的帝王
也许原来是个乞丐
统率千军万马的将军
最初只是吹冲锋号的小兵
那些自命不凡的人生
总是轻飘飘在风中飞扬
难以完成着地后的
凝聚与组合

只有坚信生命本是一粒尘埃
才能获得
从渺小走向伟大的通行证
将一粒尘埃举过头顶讨好天空
远不如留在脚下亲近大地
每迈开一步
都是一次尝试和体验
经过与无数尘埃的交融与厮磨
生命的价值就自然形成

从尘埃做起

才能迈上抵达成功的路径

攀上逐云追日的高峰……

2016年12月

后记

本集收入我近年创作的部分主旋律、正能量诗作92首。

我之所以强调一下主旋律和正能量，一是因为时下国内诗坛个人化诗作泛滥成灾，其中非时代主旋律、非正能量的诗作占了相当比重，而且都能在公办报刊上发表；二是党和国家一再号召文艺创作要唱响主旋律、书写正能量。作为爱国统一战线的民主党派成员之一，我选择了不随波逐流，紧跟时代前进步伐的创作方向。虽然免不了会受到某些自以为是在标新立异，实则是唯洋是举的刻意模仿者的嘲讽，甚至攻击，但我还是坦然地坚持我选择的方向。就算是从所谓"自由""民主""人权"这些惯用外来语的角度考虑，你有专门挖空心思写"小我"的嗜好，我也有坚持写"大我"的权利。如果正在蓬勃发展的新时代，没有推波助澜的大文化，只是制造一些鸡零狗碎的小玩意儿，乃至低俗污秽之物，那也太有愧于这个时代了。诗歌是我国文学史上的一颗璀璨明珠，决不能也掉进娱乐至死的泥坑里去。

习近平总书记在2018年全国宣传思想工作会议上指出："要引导广大文化文艺工作者深入生活、扎根人民，把提高质量作为文艺作品的生命线，用心用情用功抒写伟大时代，不断推出讴歌党、讴歌祖国、讴歌人民、讴歌英雄的精品力作，书写中华民族新史诗。要坚持把社会效益放在首位，引导文艺工作者树立正确的历史观、民族观、国家观、文化观，自觉讲品位、讲格调、讲责任，自觉遵守国家法律法规，加强道德品质修养，坚决抵制低俗庸俗媚俗，用健康向上的文艺作品和做人处事陶冶情操、启迪心智、引领风尚。"

以上谆谆寄语，他在2014年10月的文艺工作座谈会上也有详尽的论述。试问世界上有哪一个国家领袖，对文艺工作能如此倾注心血予以深切的关注？令人费解的是，我们的诗歌至今尚未见到有多少抒写伟大时代、讴歌党、讴歌祖国、讴歌人民、讴歌英雄的精品力作。这样的作品，绝不是那些背离以人民为中心的创作导向、坚持唯我独尊的极端个人化写作能够产生的。有人固执地认为，写主旋律就是为政治服务，鼓吹在诗歌中去"政治化"、"去主流化"等，这至少是非常无知的论调，是以为抓住自己的头发就可以飞离地球的无稽之谈。大千世界政治无处不在，文学与政治，从来就是一个应坦然面对的话题，被称为时代号角的诗歌更是如此。

真正热爱文学，把文学创作切实当成一项高尚的事业在追求的人，应该积极响应党和国家的号召，努力营造以人民为中心的良好创作氛围，确实做到用心用情用功，向我们的新时代奉献堂堂正正、干干净净、风风火火的好作品。

诗歌应该是奔腾不息的活水，我愿成为活水中一朵晶莹的浪花。

2019年1月